杨晓敏 主编

小人儿书店

XIAORENR SHUDIAN

聂鑫森 著

沈阳出版发行集团
沈阳出版社

图书在版编目（CIP）数据

小人儿书店 / 聂鑫森著 . -- 沈阳：沈阳出版社，2022.12
（小小说名家精品文库 / 杨晓敏主编）
ISBN 978-7-5716-2837-6

Ⅰ. ①小… Ⅱ. ①聂… Ⅲ. ①小小说 – 小说集 – 中国 – 当代 Ⅳ. ① I247.82

中国版本图书馆 CIP 数据核字（2022）第 211523 号

出版发行：沈阳出版发行集团|沈阳出版社
（地址：沈阳市沈河区南翰林路10号 邮编：110011）
网　　址：http://www.sycbs.com
印　　刷：辽宁泰阳广告彩色印刷有限公司
幅面尺寸：145mm × 210mm
印　　张：8.875
字　　数：177千字
出版时间：2022年12月第1版
印刷时间：2022年12月第1次印刷
责任编辑：沈晓辉　宋　铮
装帧设计：杨　雪
责任校对：郑　丽
责任监印：杨　旭

书　　号：ISBN 978-7-5716-2837-6
定　　价：58.00 元

联系电话：024-24112447　024-62564922
E - mail：sy24112447@163.com

《小小说名家精品文库》

序

杨晓敏

当代小小说于 20 世纪 80 年代兴盛至今，从参与读写人数、生存时间长度和独具的艺术魅力上，已成为当代文学读写的重要组成部分。小小说简约通脱，雅俗共赏，注重思想内涵的深刻和艺术品质的锻造，小中见大、纸短情长，自有其相对规范的字数限定、审美态势、结构特征以及艺术规律上的界定，在写作和阅读上从者甚众。平民艺术的质朴与单纯，简洁与明朗，加上理性思维与艺术趣味的有机融合，极其本色和看得见、摸得着的亲和力，无不加速全民阅读、书香社会的形成。小小说文体成熟的标志是，有琳琅满目的经典作品，有数以百计的代表作家，有从创作实践中不断完善的文体理论体系以及两代以上读者的阅读认可。小小说作为一种时代文体，与源远流长的《诗经》、《楚辞》、汉赋、唐诗、宋词、元曲、明清小说文脉相承，是与时代进步合拍的文化建设成果。

在当下的文学大家族里，小小说作为一种新的文学样式，从多方面调动了大众对文学的参与、理解和认同，为提升全民族的审美鉴赏能力，为传播文化、传承文明提供了一种行之有效的“另一种可能”。小小说成功地在精英文化和通俗文化之间打开了大众文化的通道，对于文化市场的介入与渗透，悄然构建了多元的文学读写格局，对于潜移默化地提升国民综合素质，全面提高全民族的文化水平和健康的审美情趣，树立正确的价值观念，应属一项首推的系统工程。小小说让文学回归民间，大众参与阅读，大众参与创作，本身就形成了自觉的文化选择。参与读写的过程，亦是致力于进步的文化行动。让普通人在读写中增长智慧或者得以心灵愉悦，为时代进步提供大面积的“大众智力资本”的支持，无论如何都是文学和社会的幸事。

《小小说名家精品文库》的编选与出版，旨在为广大读者提供有较高艺术水准、值得珍藏与阅读鉴赏的优质读本。以作家为经，以作品为纬，遴选精品佳构，推介名家新秀，致力于为文化市场提供大众的读写需求。入选作家的六部小小说作品集互为观照，组合出一处千姿百态的文化景区，在遵循文学艺术创作规律的前提下，兼容和尊重作家在选材、形式、立意上进行的探索和创新性劳动，从中可以窥见作家们对于题材选择、创作个性和艺术趣味的审美追求以及反映生活、观察世界的认知能力。

津子围以写中长篇小说为主，获誉甚多，这部小小说集《星星之城》的创作显得驾轻就熟，得心应手，既秉承了《左氏春秋》《阅微草堂笔记》《聊斋志异》深厚传统，又充分借鉴了欧亨利、博尔赫斯、鲁尔福、科塔萨尔的叙述技巧，所选小说集中刻画了现实生活中的小人物，选材自由，写法多变，人物个性鲜明，文气充沛通达，全方位呈现了小小说世界的丰富性与各种文学品质抵达的可能性。作品富有想象力，情节诡异，立意深远，结局常常出人意料而发人深思。作品能够在小小说“螺蛳壳中的道场”里营造出场景、色彩、气味和温度，追求大境界，对人性有深入的探索和挖掘。作品的内在逻辑连贯无隙，语言有弹性有节奏，自然流畅，妙趣横生，阅读起来读者的参与感强。

赵新是年逾八秩的老作家，毕生致力于乡土文学创作，已形成鲜明的艺术风格，《乡里乡亲》所描述的农村生活丰富多彩，生动新鲜。作者关注社会现实，尤其是关注农村变迁中农民的切身感受，在有限的篇幅里，通过活生生的人和事，像一位乡村歌者吟唱他们的喜怒哀欢，所思所想，他们的生存状态、处世态度、心灵渴望以及爱憎。他的小说人物是从村子里那些茅屋瓦舍中走出来的，是从阡陌纵横的田间走出来的，那些人物的身上散发着泥土的味道，散发着小麦或高粱的清香。他们一个个鲜活真实，栩栩如生，参差错落地生活在那片大平原上，把那块土地装点得生机勃勃。身边的故事，熟悉的场景，加上深邃的思考，写活了各色人物，成为一种简洁明了、呈现动态状的叙述艺术，令人赏心悦目。

在聂鑫森的《小人儿书店》里，可以感受到作家深厚的国学素养，在塑造人物时所倾注的人类尊严、达观自信以及对国家民族、传统文化的忧患意识，表现出地道的中国传统小说的艺术功力，散发着浓郁的民族气派和古典主义的人文情怀。另有一种专业的、新鲜的、流畅的相关物事的常识性描写，愈发引人入胜。作品切入当下的现实生活，塑造了长街小巷、工厂、农村、学校的能工巧匠、高人雅士、普通劳动者，他们各有各的精彩故事，各有各的胸襟气度。在“故事”之外，作者努力营造浓郁的文化氛围，透现人物的文化品格，擅长描写那些被传统文化深度浸染的人物。讲究小说的谋篇布局、语言的精致隽永，在艺术表达中通过高雅审美，折射出理性的光芒。让读者品啜之中，余味愈浓。

刘建超的《老街故事》在对“古城老街”民俗风情的系列描写中，以当代人的视角呈现豫西百年的民间传说、人物故事。作者用充盈的笔墨渲染展现丰富的历史文化积淀，在对人情世故的体察中，揭示民族的文化心态和处世态度。通过对市井生活的体贴感知和深沉濡染，勾画出一幅富有生命力的老街风情图，各色人物在画卷演绎着生活的悲欢离合、喜怒哀乐，形成众声喧哗之势。在繁杂喧闹的世俗图景背后，隐藏了作者对平凡人物人事命运的关注和体察。作品具有英雄主义精神和理想主义底色，塑造的人物对社会、家庭和责任勇于担当，即使是市井人物，也多是嫉恶如仇、有侠肝义胆的角色，形象饱满生动，故事构思巧妙，素材剪裁自如。这种挟带着人性、尊严、道义的永恒题材所营造出来的艺术氛围，本身就契合读者的阅读期待。

范子平的《都市沙漠》是对历史的回顾和当下生活的再现，反映了广阔的社会背景和时代的变迁。这些小小说把焦点对准人物的心理层面加以透视，以反映生命与生存，通过对底层生活的入微观察与体验感悟，尤其对大众生存状态的复杂性进行形而上的探索思考，引发对某些现存价值观的反思，把对人性拷问的探索，对故事深层的文化思考渗入小小说情节之中，呈现出独特的艺术张力。在构思上机智善辩，从形式到内容，从生活现象到生活本质上展现矛盾，集中体现在抓住生活中内容与形式的反差、现象与本质的矛盾来提炼故事情节，使这些小小说拥有了幽默、讽刺、隐喻以及抒情的力量。作品注重思想内涵、艺术品位和智慧含量的综合考量，让人读起来能粘住眼球，读后津津乐道。

佟继萍生长在蒲河岸边，把蒲河视为灵魂栖息地和精神家园，《蒲河之约》以细腻的叙事和独具民俗风情的描写，在熟悉的蒲河两岸构筑着自己的小小说王国。尤其对小镇人物的关切及艺术性还原，摇曳着古典美的情感，散发着泥土芬芳和迷人的幽香。作者洞悉普通人的兴衰际遇，深层次揭示了职场人物的复杂环境和微妙心理，扎实灵动的文字，展现了作者艺术表现力、心理描写和气氛营造相得益彰，产生出良好的艺术效果，作品耐人寻味。笔下的人物刻画细腻，形象生动饱满，性格鲜明，语言清丽脱俗，舒缓有致，浓郁的地域风情迎面扑来，给人一种美的享受。

好的小小说应是思想内涵、艺术品位和智慧含量的综合体现。

所谓思想内涵，是指作者赋予作品的“立意”，它反映着作者提出（观察）问题的角度、视野、深度以及批判意识、质疑姿态等，深刻或者平庸，一眼可判高下。艺术品位，是指作品在塑造人物性格、设置故事情节、营造特定环境中所折射出来的创意、情怀和境界等。而智慧含量，则属于精密判断后的“临门一脚”，是简洁明晰的“临床一刀”，解决问题的方法、手段和质量，见此一斑。

《诗经》作为文学之源，来自民间，应属“平民艺术”，自楚辞之后文学进入了士大夫即精英阶层，一直以“主流”的生存姿态渐成少数人的事，至20世纪80年代经济崛起带动文化教育普及，加上网络等现代媒介的便利，当代文学读写开始在民间复苏并勃兴，文体流变数千年后，小小说作为一种新兴的大众读写文体，终于又与民间的《诗经》在艺术精神上悄然接续，营造出一种由大多数人参与读写的文学生态。

一茬茬优秀的小小说作家浮出水面，一批批堪称佳构的小小说作品炫人眼目，在赢得作家的文学地位的同时，也为社会大众提供了量、质兼具的优秀精神食粮。因为这些创作精短作品的作家们知道，在同样具有思想内涵、艺术品位和智慧含量的前提下，节省阅读时间就是对读者的最大尊重，给自己和别人带来一次哪怕是简单的快乐，也令读写者们乐此不疲，而一次次的快乐叠加，会为我们的伟大时代和人生旅途平添缤纷的色彩。

目　录
contents

喜 模

湘赣接界的云阳山石马镇及周边地区，做“细木作”的曲直工是个名人。在木匠行当中，搭梁造屋的叫“粗木作”，做精美家具还能雕花的是“细木作”。曲直工的手艺出自家传，讲究的人家做家具不能不请他，好酒好饭菜地侍候着，生怕得罪了他。尤其是准备迎娶新娘的人家，做了雕花床、雕花窗、刻花大柜之外，还要做喜模。

喜模又叫喜饼模，是用梨木雕刻的做糕点的模具，用它压制出圆圆的面饼后再去烤制。面饼在婚宴上，新郎新娘要当众吃下，表示永不离弃；然后是亲朋好友品尝，也作个见证。这是流传久远的风俗，在婚礼中是少不了的一道仪式。

不就是个模具吗？这有什么奇巧的！但曲家做的喜模，却有独到之处，别的匠人比不了。喜模是两个，上面分刻新郎新娘的脸像，虽只是简单的线条，却能抓住特点，要雕得有形有神。这需要先在纸上对着真人速写，再刻到模子上去，基本功靠长年累月的练习。脸像两边要雕上字，一边是“喜结连理”，一边是“白头偕老”，脸像下面要分别刻上新郎新娘的姓名。仪式上，新郎吃的是印着新娘脸像的喜饼，新娘吃的是印着新郎脸像的喜饼，他们把对方“吃”进心里，就会永志不忘，和和睦睦过一生。众人吃了印着男女脸像的喜饼，既见证了这桩婚事，也有权对将来生了外心的一方进行规劝和指责。

曲直工年届半百了。背有点弯，但身子骨硬朗，一双眼睛亮得打闪，下巴上蓄一小撮山羊胡，很老派的模样。他说他为新婚男女雕过不少喜模，多少年过去了，没有一对离婚，即便是因病因特殊事故有一方离世的，另一方也是守得住心志再不会成家！

“曲爷，你雕的喜模，有灵性，有魔力，怪不得你生意好。”

“哈哈，哈哈！”曲直工仰天大笑。

“曲爷，你只有一个独女，将来结婚，是男方办酒宴，听说还是外省的，吃喜饼就免了？”

“难道我不办回门酒？喜饼照样要吃的，老规矩不能变！”

“那我就先贺喜了。我们等着吃喜饼哩，那印在上面的脸像一定是头一份的。”

“当然，当然！”

女儿叫曲欣欣，今年二十八岁了。人长得齐楚，会读书，喜欢唱歌，嗓子好，小时候唱山歌隔条河听起来都震耳朵。她高中毕业后考上北京的音乐学院声乐系，毕业后招聘进了一个歌舞团。她告诉父母：“我就在北京扎根了。你们知道吗？前人说‘北京定名声，则天下定名声’！”当曲欣欣有了点名气，就改名为“曲声声”。这让曲直工很恼火，父母赐的名字能乱改吗？女儿说：“你不懂！我叫曲声声，有什么不好？梅兰芳原名梅畹华，也是后来改名的。”

独生女任性，曲直工也无可奈何，改名就改名吧。女儿出不出大名，曲直工没兴趣，他和妻子关心的是女儿什么时候成家，女不成家身无主啊。

春节时，曲声声回老家休假，告诉父母她找男朋友了，两人谈得很火热，过几个月就准备结婚了。男朋友叫江啸波，是剧团搞美工的，画布景，也画国画，人长得帅，又有才华。

“我们没见过小江啊？”

“我带来了他的照片，给你们慢慢看细细看。”

“你没让他来见我们？”

“他想来，我没同意。他来了，让乡亲们当猴看，滑稽。”

“结婚的日子订了？”

“订了，五一劳动节那天。他家是老北京人，早买了房，也装修好了。我们无非是走个形式应个景，让他家的亲戚朋友见见我。”

“太草率了！男方办酒席，按老礼数，我和你妈不能去，显得娘家太没有人了。”

“放心。结婚前，我和江啸波会回来拜见父母大人，不过……我们忙，待个一两天就走。参加婚礼，我请堂兄表妹一干人马去，路费、住宿费我付！”

“你们结婚三天后，得回娘家来，我们要办回门酒，喜饼是要吃的，让大家欢聚一堂。”

“爹，妈，到时候再说，好不好？”

这些日子，曲直工夫妇心里快活，还不能对别人说，只是暗暗地为回门酒做准备。要等北京那边办了喜宴，小两口定下回家的日子，他们才能正式去送办回门酒的请帖。

曲直工最挂心的事是雕制喜模，选家存的上等梨木做坯件，再加工成模型，然后是雕模。女儿的脸相，早烂熟于心；未来女婿的脸相，有女儿捎来的照片做参考，不会难到哪里去。他把每一道工序做得精益求精，把脸相的每根线条、文字的每笔每画，都雕得尽善尽美，还悄悄地和面、压模、烤饼，然后细细验看喜饼上的脸相和文字，忍不住一拍大腿，高喊了一声“好”！

妻子说：“老曲，这应该是你平生最得意的喜模了。”

“为我女儿、女婿雕喜模，我能不尽心尽力？”

到北京去参加曲声声婚礼的亲戚，又被招待到各处观光玩了一个星期，才兴高采烈地回来了。

曲直工问：“这两个小家伙，什么时候回来？这回门酒，时间拖久了。”

“他们说，这段日子演出忙，领导不批假。”

老两口叹了口长气。

又过了些日子，曲直工打手机去催女儿，而且开口骂人了。

曲声声嬉皮笑脸地说："爹呀，我和小江就怕吃那个什么喜饼。我们都有言在先，什么时候觉得生活在一起没激情了，马上分手，再去寻找各自的幸福……"

曲直工气得把手机关了。

他寻出那两个喜模，跑进厨房，丢进了火焰熊熊的灶膛里。

有人再请他雕喜模时，他说："老花眼了，看不清人的面相了，怎么雕？唉。"

绣球花

时令一入夏，曲曲巷管家院子里的绣球花，热热闹闹地开放了。真的很好看，白、绿、红、紫、蓝，花朵又饱满又圆硕，仿佛无数的手举着绣球，随时准备抛掷出去。

管家的院门也是虚掩的，谁想来看，推开门就可进去。

院子很宽敞，栽种的几乎都是绣球花。高株和矮生的错杂为邻，品种有本地的“土著”：大雪球、大八仙花；也有来自日本的“远客”：恩齐安多姆、奥塔克萨。绣球花是易种易活的灌木，属忍冬科，繁衍后代主要靠“压条”，裁枝条而扦插，几个月后就花开如簇了。但它对土壤的酸性和碱性很敏感，比如大八仙花，花初开时是葱绿色，如果是酸性土壤，完全绽放时，花色就变成深蓝与浅蓝；若是碱性的土壤，花色则幻化出俏丽的粉红色。还有日本的那两个品种，花或先开如红霞继而变为湛蓝，或初放呈粉红再转化为粉蓝。只有大雪球，持守洁白与浅紫两种颜色，爱的是酸与碱中和的土壤。

来看花的街坊邻居，总要竖起大拇哥，说：“花开得这样好，管爷有好手段，也有好心境！”

管爷就是管锄畦，退休前是本地湘山公园的花木技师，瘦高个，窄长脸，脸上永远飘着憨憨的笑。他什么花都会侍弄，但最有体会和灵性的，是侍弄绣球花。湘山公园每个地段，他都熟悉其酸、碱度，碱性过重的，他用切碎的橘子皮泡水发酵后浇泼到土里；酸性太浓的土壤，用烧出的草木灰掺拌进去……在公园的游道旁、亭台畔、廊桥边，从夏至秋的几个月，成片成畦地开着各色的绣球花，引得游客纷纷买票前来观赏，如同洛阳城争看国色天香的牡丹。报纸上有个新闻标题最为读者传诵：“谁掷绣球光色影，满城争说管锄畦。”

管爷说：“过奖了，是我和同事们一起干的，怎么都算到我身上？将来退休了，我最想侍弄的还是绣球花。让想看的人看个够。”

果然如此。

这个夏天，绣球花开得特别喜气。

天天都来看花的是杨金，而且是华灯初上时，管爷和妻子袁瑛正在给花浇水。袁瑛原是湘山公园花木店的营业员，也退休了。

“管爷，袁婶儿，吃过晚饭了？我爹让我问你们好哩。”

“谢谢。你看中了哪一朵花，我们来给你剪下。”

管爷夫妇很喜欢杨金，模样文静，学问也不错，三十二岁就当上了环保研究所的副所长。杨家也住在曲曲巷。

“今天我想求一朵粉红色的绣球花。”

袁瑛说：“你应该是有女朋友了，好事呵。不能老当快乐的剩男，你爹妈都急得上火了哩。”

杨金的脸蓦地发烧，结结巴巴地说：“我……只是……一厢情愿……人家……还没点头。”

管爷说：“袁瑛，你话多了。快去剪一朵花来，别误了孩子的大事。”

“对对对！”

杨金拿着一支粉红色的绣球花，兴冲冲地走了。

管爷说：“你说杨金是剩男，我家那位在深圳工作的女儿，比杨金还大一岁，不也是剩女？”

袁瑛长长地叹了一口气。

“我退休后栽了一院子绣球花，当然是我多年的爱好，其实也有我的祈愿：哪个小伙子能给女儿抛个绣球，或者女儿也给看中的人抛个绣球。”

“我……明白。”

一个星期天的早晨，才七点多钟，一个个子高挑的姑娘，推开管家的院门走了进来，然后又顺手把门带上了。

管爷刚给花浇完水，正坐在一个石鼓凳上歇息。

姑娘一直走到他面前，说：“您是管伯伯吧？我叫徐严，是个中学老师。我来看看您种的绣球花。”

“啊，欢迎。姑娘，你好像是第一次来这里。”

“可我听杨金多次说起您。”

管爷马上明白是怎么一回事了，说：“杨金是我看着长大的，好角色啊，对人有礼貌，工作又发狠，你的眼光不俗。”

姑娘浅浅一笑，问：“他一连送了我三十次绣球花，都是从你这里求的？”

“我的花原本就不卖，供大家看，也免费相赠。”

“那是管伯伯的雅怀。杨金求花一次两次说得过去，持久不断地求花，做人就有毛病了。花店里不是没有绣球花卖，他舍不得花钱；花是给大家看的，都像杨金这样求花，花只能屡遭杀伐，悲何以堪！”

“姑娘，杨金求几朵花，小事呀，不足挂齿。其实，你也不必这样苛求他。”

“小处见心性见格调。管伯伯，花是杨金求的，但我必须来表示谢意。再见！”

管爷还没回过神来，徐严的背影已闪出院门外，院门再轻轻带上。

这一刻，管爷想起了女儿，只怕也是这样的人物。

太阳升高了，满院子金屑乱飞。各种颜色的绣球花，抹上了一层金黄的光影，在等待着脱手而出的机缘。

管爷的眼里忽然有了泪水。

故乡的味道

童阿根夫妇觉得故乡的味道，离他们越来越远了。

故乡的味道，对他们来说，就是汤面的味道。扬州人早晨讲究“皮包水”，喝早茶兼吃早点；苏州人的“皮包水”，是吃一碗汤面。故乡到处是汤面店，男女老少都好这一口，勤快的不怕起得早，兴冲冲去赶头汤面。苏州人说：“听戏要听腔，吃面要吃汤。”苏州汤面的妙处，都在汤里！佐面的“菜”盖在面上，叫浇头，浇头有很多种。开春时节兴吃三虾汤面，鱼米之乡，河虾多得是，但虾子、虾脑却只有四五月河虾孕子时才有。浇头是用虾子、虾脑、虾仁制作的，先剔出虾子，再剥出虾仁，剩下的虾壳、虾头用小火煨煮，再从虾头里剥出金红色的小块儿虾脑，然后将虾子、虾仁、虾脑放上葱末略炒后加调料和鸡汤，热腾腾泼到面上，美味！到了深秋，蟹肥了，公蟹的膏母蟹的黄，用葱、姜爆香，然后用黄酒焖熟、高汤调味，再淋上猪油、胡椒粉，这一碗黄油汤面，妙品！

苏州四季都有清汤光面，价廉物美，很大众化。

阿根夫妇喜欢把清汤光面当作早餐。独生子在身边时，一家三口来吃；儿子上大学去了，后来又到外地工作了，就变成他们找个座，面对面地吃。街坊邻居有时会打趣地说：“你们也该换换口味，吃吃别的汤面。”阿根说：“别的汤面我们也吃过，还是清汤光面最合口味。”

苏州的汤面，哪一种都好吃，只有清汤光面最便宜。

阿根夫妇曾是苏州一家国有企业的工人，工资不高。虽然全家只有三口人，但得节约着用，儿子读书要花钱，将来结婚买房更要花钱，每月正常开支外，剩下的钱都要存起来。九年前，儿子从一所工科大学毕业了，女朋友是同班同学，一个又漂亮又多情的湘妹子，于是，双双都到了湖南湘潭的高新开发区打拼事业。第二年，儿子准备结婚了，要买一套 160 平方米的大房子，将来好接阿根夫妇来养老，房贷之外，先得交预付款 30 万。阿根高高兴兴把历年的存款 30 万都汇了过去。小两口结婚不到一年，孩子呱呱落地，儿媳的娘家是湘潭乡下的，亲家母可以来帮忙。阿根夫妇知道儿子家添了丁，每月还要还房贷，钱一定紧手，于是从两份工资中分出一份作为补贴。等到孙子该上小学了，阿根夫妇正好退休，亲家母也说该回乡下去了。孙子读书的小学离家路远，得有人接送，做爷爷奶奶的立刻赶来走马上任。

阿根夫妇住进湘潭城中的这个社区，一年了。人生地不熟，苏州话不好懂，湘潭话也听不明白，没法和人沟通。但儿子孝顺、儿媳贤惠、孙子聪明，这就很称心了。他们起得早，冰箱里有备好的早点，蒸热就行了，再做个汤，简单。然后，阿根夫妇送孙子去学校。中午，儿子、儿媳在单位的食堂用餐，孙子也在学校吃饭，他们就随便炒个菜做个汤，只是不放辣椒，扒几口饭就饱了。下午四点钟，阿根去学校接孙子；妻子在家择菜、洗菜、切菜，为全家的晚餐做准备。儿媳很能干，心也细，她不让老人下厨房，先洗锅，炒两道不放辣椒的菜，再炒用新鲜辣椒或盐辣椒或干辣椒作调料的菜，厨房里有抽风机，门也关紧了，但辛辣的气味仍丝丝缕缕挤进客厅里来，阿根夫妇呛得一个劲地咳嗽。他们很惊奇，儿子也许来湖南久了，吃菜不怕辣；孙子才七岁，吃辣菜眉头都不皱一下。那些年，儿子一家来苏州探亲，儿媳总要下厨炒两个有辣味的菜，还说湖南人是无辣不成菜。

家里只剩下阿根和妻子时，又没什么事可做，要么看电视，要么呆坐着说闲话。

“阿根，这里的空气里都飘着辣味，炒菜的铁锅子也辣味入了骨，洗也洗不净。”

“我们有老年乘车优惠卡，没事时去坐公交车，下车后去大街小巷走走，未必没有卖清汤光面的地方。”

“对呀。”

一天中午前，他们真的在城东的一条小街上，发现了一个叫“老苏州”的汤面店，门面不大，店堂也不宽敞。墙上挂着介绍品种的图画，其中就有清汤光面，配图文字说：汤底用整只老母鸡、火腿、老鸭架、瑶柱同煮，连续三天三夜，汤色要三白三清，到了最后一道清汤，把牛肉、鸡胸敲成泥子，置汤中轻轻搅拌，用泥子吸纳所有的油脂杂质，只剩下纯净的清汤，用它和面、煮面。

阿根用苏州话喊一声："请来两碗清汤光面！"

马上有人用苏州话应诺："好嘞——"

妻子小声对阿根说："每碗二十元哩。"

"家乡的味道，还能当中餐，值。"

店堂里顾客不多，很安静。

白白柔柔的面条上，撒了几点翠绿的葱花。他们先喝了一口汤，再用筷子夹起面条送进嘴里，久别了的故乡的味道，蓦地在舌尖上爆开了，鲜得让他们掉下泪来。

阿根夫妇不可能天天来吃清汤面，一个星期吃一次就够了。二十元一碗的清汤面，阿根夫妇觉得有点贵，贵也得吃，吃了就觉得故乡还贴在心口上！

几个月飞快地过去了。

一个上午，阿根夫妇再去"老苏州"时，店门没开，招牌也不见了。问旁边的人是怎么回事？回答说："这玩意没有辣椒味，湖南人不爱吃，老板收拾行头回苏州去了。"

他们懒懒地回到家中，肚子里空空的，却什么也不想吃……

听　蝉

年近古稀的高小蝉，还是那么喜欢听蝉的鸣叫声。

酷夏的中午，太阳火辣辣的，小区安静极了，蝉就叫得格外急格外响亮。

她家住在五楼，楼前楼后栽的是垂柳，蝉声听得很真切。何况，她还要坐在客厅的窗前，窗户还要拉开一条五六寸宽的缝。她可以近听，也可以远看。不远处是一个健身坪，放置着单杠、双杠、秋千架、拉力器之类的健身器具，住在一楼的人家，往往把洗了的被单、衣服、裙子晾晒在上面。

她是一个国画家，专攻工笔花鸟草虫，出版过画册多种，在国内外举办过很有影响的个人美展，声名赫赫。她画的蝉最为人称道，不但工细，还带着一种女性的柔情和清高自诩。唐代骆宾王《在狱咏蝉》，她是百读不厌，“无人信高洁，谁为表予心”，俨然是她的心语。

父亲赐她的姓名是高小禅，她在画蝉有体悟后，改为高小蝉。

一是她爱画蝉、听蝉；二是有出处，金代元好问在《临江仙》的词中有一句“高树乱鸣秋”。她恋爱过，但最终没有喜结连理，至今仍是无牵无挂一个人。“性本洁来还洁去”，天下肯定有好男子，只是她没有碰到过！一晃她就退休了，退休和在职对她来说，都一样，每日要做的事依然是画画和读书。夏秋时节，多一件事：不午睡，听蝉。听蝉时，她的眼睛看着健身坪晾晒的衣物，特别是女性的裙子，美丽的款式和色彩，给她很多联想，脸上便泛起淡淡的红晕。

这天中饭后，高小蝉又坐在窗前听蝉。社区的路上没有车轮声，健身坪上除了晾晒衣物的各种色块，静寂无人。

“知——知；知——知……”

忽然，高小蝉看见一个男子走进了健身坪，蓄着平头，粗胳膊粗腿；上穿黑汗衫，下穿蓝布工作裤。他在衣物之间慢慢巡走，顺便翻动一个一个的色块儿，这情景很动人。当那汉子拿起一条粉红色的连衣裙，与自身黑、蓝二色形成强烈的视觉冲击，高小蝉飞快地用手机拍了下来。她想：他是冒着烈日来为妻子收晒干了的裙子。汉子把裙子折好，夹在腋下，飞快地走了。

下午，高小蝉在一张画好的《柳蝉图》下方的草地上，添了很小的一个粉红色块，依稀可看出是一条裙子，这构图很柔美。

暮色四合，高小蝉出门散步，走到健身坪时，听到三五成群的人在议论：有人偷走了女人的一条粉红色连衣裙，女人偷裙子是贪小便宜，男子偷裙子恐怕是性变态者。

高小蝉突然觉得热血冲向头顶，她最恨这种男人！急匆匆回到家里，她将手机拍的照片，发给了社区物业管理办公室的负责人！

两天后，派出所依照高小蝉的实拍照片，把案子破了。作案人叫刘禾，是住在社区外出租屋的一个农民工，靠在码头当装卸工的菲薄工资养活一家三口。妻子带着个才一岁的孩子，没法子去干活赚钱。民警去查抄赃物时，出租屋内家徒四壁，妻子病歪歪的，孩子也是蔫蔫的。汉子主动拿出裙子，哭着说："妻子跟着我受苦，过几天是她的生日，我想送条裙子作礼物。可我买不起，连孩子没有奶水要买奶粉都没有钱，我就动了偷裙子的念头。我认错，我认罚，只是莫让我去坐牢，我一天不赚钱，他们母子就惨了。"

汉子没有被抓去拘留。

高小蝉闻说此事后，心痛彻骨。她不知道她错在哪里，拍照前的钦佩和发寄照片时的愤怒，是出于什么莫名其妙的心境？但有一点可以确定，她让这个家庭小小的美好愿望破灭了。现在她再听蝉声，是另一种心情，正如古诗词所言，是"风急蝉声哀"，是"不堪蝉鬓影，来对白头吟"。她不想再画蝉了，也不想再听蝉了。

隔三岔五，高小蝉去刘禾家送奶粉送肉食送水果，和刘禾的妻子聊家常，逗一逗那个可爱的孩子。

有一次去刘家，高小蝉当着刘禾小两口的面，说："我想请你们帮个忙，不知行不行？”

刘禾说：“高老师，我们非亲非故，你对我们太好了，你只管吩咐。”

高小蝉说：“我是一个孤老婆子，我想请刘夫人，每隔三天，到我家来搞一次卫生，算一个工作日，九点钟来，下午四点归，在我这里吃中饭，日工资两百元。”

刘禾说：“她带着孩子，怎么能做事？再说搞卫生没多少事可做，你定的工钱太高了。”

“她做事时，孩子由我来带。工钱就这个数，不能再少。明天就开始吧。”

高小蝉觉得日子过得有意思了，刘禾夫妇叫她“高妈妈”，孩子结结巴巴叫她“奶奶”，她突然有了“家”的感觉。

转眼就立秋了，“秋老虎”厉害，到处火流奔涌。高家的客厅里开着空调，窗户紧闭，很凉爽。刘禾的妻子在揩抹地板，高小蝉抱着孩子退让着站到窗户边。孩子突然用手指着窗外，哇哇地叫。

高小蝉惊奇地问：“他说什么？”

“高妈妈，他听见蝉叫了，高兴哩！我们住的出租屋旁边，也有柳树也有蝉叫。”

“这孩子，听力不错——”

小人儿书店

这家专卖小人儿书的店，叫“连广宇”，嵌在古城湘潭雨湖边的蓝布街，春风秋雨，四十年了。

这个姓连名广宇的店主，从满头青丝的小伙子，变成了两鬓染霜的半老头子，六十有五了。

门脸不大，匾额很旧；店堂不大，还有些拥挤。除了店主，再无多余的店员，店主是名副其实的“一把手”。但店面和店主的名声却很大，喜爱小人儿书也就是连环图的“连友”，本地的、外地的，与这里多有交道。

“连广宇”既是姓名又是店名，这三个字原本出自鲁迅先生的《无题》诗第三句“心事浩茫连广宇”。连广宇自小就喜欢看喜欢买喜欢收藏小人书，父母亲都是小学教师，很欣赏他的这种爱好。到 1978 年，连广宇不想在一家街道小厂当钳工了，辞职办起了卖小人书的店子，把姓名当作店名去注册。他对本地的“连友”解释：“这店名的意思是连环图里也有大世界！”

"连友"们说："这个店名太好了！"

连广宇身高不过一米六，还瘦，如一根干柴棍，他自嘲说："我是小人儿开小人儿书店！"

大家说："卖小人儿书也可以有大作为，我们拭目以待。"

所谓连环画，是用多幅图画叙述一个故事或事件发展过程的绘画形式。我国古代的壁画、故事画卷及小说、戏曲中的"全相"等，都具有连环画的性质。因为连环画通俗易懂、寓教于乐，很适合少年儿童阅读，故又称做小人儿书。中国新连环画的创始人是清末民初的吴友如，他的"点石斋画报"令读者耳目一新。新中国成立后，连环画更是风行，或改编自古代和现代的小说名著，或改编自广为人知的新闻故事，如《三国演义》《水浒传》《红楼梦》《西游记》《阿Q正传》《山乡巨变》《烈火金刚》《铁道游击队》《雷锋》《为了六十一个阶级兄弟》……一大批专职或兼职的连环画画家热情参与，如程十发、张乐平、贺友直、刘继卣、黄永玉等，这是第一个高潮期。第二个高潮期，是"文革"结束后的二十世纪八十年代，连环画又重新焕发生机，佳作迭出，读者如云。此后呢，电视进入千家万户，接着是互联网的横空出世，连环画逐渐萧条，创作和出版变得冷清。连环画成了"连友"的收藏项目，不再是阅读的热点。

连广宇老了。他卖小人儿书没有像"连友"们所预测的有什么大作为，更没有大富大贵，只是衣食无忧而已，但他很满足。他人生的历程亦如常人，恋爱、结婚、生子。然后送二老归山，培养独生子读书、参加工作、组成另一个家庭。

连广宇为人和善，喜交朋友，店里的货源总是很充足。全国各地的美术出版社有什么连环画面世，他第一时间得到消息并立即进货。他在电脑上有公众号，专门介绍连环画，本地的上门来选书，外地的可以在网上购买。因他是出版社的常年客户，给他的价码往往是对折，他卖出去顶多是七折或八折，图的是皆大欢喜。

店子每天都是上午九点开门，晚上九点关门。来购书的连友，他热情接待。来这里看书但不买书的顾客亦不少，他照样是笑脸相迎，只是叮嘱一句："别弄脏了书，品相不好的书，我没法子出手呵。"

熟悉连广宇的人都说他有君子之风，是儒商，而不是见利忘义的小人。

连广宇此生有口皆碑的事，多矣。

连广宇家住本市平政路十一总的当铺巷，巷中有一位工作于电影院画广告画的美工周子方，与连广宇的父亲是好朋友。因业务需要，周子芳喜欢收藏小人儿书，以作绘画的参考。周子方的夫人是电影院的售票员，两口子和和睦睦，却没有一男半女，他们很喜欢连广宇，每次连广宇随父亲来做客，又是端茶又是端点心，然后引他去书房，任其翻阅连环画。1985 年，五十岁出头的周子方患肝癌溘然辞世。周夫人把连广宇叫去，说："你周叔叔有遗言，说你在开店子，他所藏小人儿书五千册全部赠送给你。”连广宇说：“谢谢，我收下。”但第二天，他上门去送了个红包封，里面放了两万元钱。周夫人不肯收，连广宇说：“你不收，小人儿书我还没运走，我也不能收你们的馈赠。”周夫人说：“这孩子，真拿你没办法，我收下吧。”连广宇说：“周姨，小人儿书里有很多珍本，待到出了手，我还得给你加上补偿。”果然在几年后，连广宇又给周夫人送去一个两万元的红包封。

外地的顾客，也有不辞辛苦上门来买小人儿书的。究其原因，其一是想和连广宇零距离接触，也来看看小店的风采；其二是比较偏僻的地方，不通网络，没法子在网上选书和付款，这种客户大多来自乡间，风尘仆仆的模样。连广宇一定要招待吃个盒饭，在价格上也多给一点儿优惠，穷乡僻壤的“连友”，不简单。有一个姓张名大田的老爷子，快七十了，来自湘西古丈县牛角乡牛尾村，每隔两个月就要来一次，两个人谈得很投缘。张大田最后一次来，是两年前的一个冬天，选了两百本小人书，但钱带少了，写下一张欠了三千元的欠条，说下次来买书再把欠款还上。几个月过去了，泥牛入海无消息。连广宇着急的不是欠款未还，是怕张大田出了什么意外。张大田不用手机，他又没有张家的座机号。于是，连广宇不顾车船劳顿，去了张大田的牛尾村。他先找村民了解情况，才知张大田那次从湘潭买书回来后就病倒了，几天后驾鹤西去。原来，张大田是个退休的乡村小学教师，他买书是自己掏钱，在本村和外村建立“留守儿童阅览室”；他的退休工资很少，却拼命省出钱来买书……

连广宇没有去张家，但去了张大田的墓地，鞠了三个躬，然后把那张欠条点火烧了。

如今，连广宇的儿子连城雪已年近不惑，孙子也上初中了。连城雪自小临习小人儿书上的画，很有天分；大学读的是美术学院的连环画创作专业，毕业后，自己开了一家文化美术公司，搞得红红火火。

有一天，连城雪对父亲说，他想搞一个新业务，就是把1966年以前的一些美术大家所画的小人儿书，一一临摹出来。如贺友直的《山乡巨变》、黄永玉的《阿诗玛》、刘继卣的《武松打虎》等，再制版，版权页也按原来的制作，一定有很好的销路。

话音刚落，连广宇扬起右手，狠狠地抽了儿子两个耳光。

“歪门邪道！小人所为！我要为那些大师、大家对天一哭！你敢干这种造假的玩意儿，从此再不要进连家的门，我也没你这个儿子！”

连城雪捂着生痛的脸，说：“我……不……敢……”

“好好地画你的小人儿书！”

“是……是……”

鸟　医

在八百里洞庭湖的西南角，有一大片湿地，叫绿苇滩。在绿苇滩的岸上，有一个禽鸟救护站。站长兼鸟医就一个人，复姓百里，名只一字：波。

百里波年届不惑，年轻时是个帅哥，一米七八的个子，国字脸，卧蚕眉，丹凤眼。来到这湖区，不知不觉就是十年，烈日晒，湖风吹，他的脸黑了，声音粗了，额头还有了细细的皱纹。

人问他为什么从城里来到这水天茫茫的地方？他仰天一笑，说："父亲赐我姓名百里波，早判定了我的归宿。"

其实，他是赌气来到这里的。

他是农学院牧医系毕业的，却阴差阳错被株洲一家宠物医院招邀供职。因为院长是早几届的校友，还说这里工资高、奖金多。于是他远离了牛、马、驴、羊、鸡、鸭、猪，专为名贵的宠物狗、猫看病。几年后，经人介绍，他有了女朋友，又漂亮又文静，复姓为微生，名露，在档案局工作。第一次见面，百里波就说："你的姓名来自古诗'凉阶微生露'，给人一种素洁而寂静的感觉。"微生露浅浅一笑，说："你的姓名也是，来自'百里波上鸥'。"他们的婚姻属于"一见钟情"的类型，双方的颜值、学历、家庭状况旗鼓相当，于是很快就喜结连理。

恋爱时，是隔一段日子的花前月下，又各自守身如玉，浪漫让他们如醉如痴。真正成了一家人，同桌吃饭，同床共眠，问题就凸显出来了。当然，绝不是情感发生了什么危机，也没有大吵大闹、砸碗摔碟。微生露有严重的洁癖，不管百里波如何勤洗澡勤换衣，她总会闻到丈夫身上的猫、狗气味，吃饭常会呕吐，睡觉必戴上口罩，否则通晚难眠，人也变得日渐消瘦。她曾试探着问："波，你可以换个工作吗？"百里波说："我学的就是这个，不治猫、狗，就去治马、牛、羊，别的我不会，怎么办？"

结婚两年后，百里波看着形销骨立的妻子，心尖痛得出血。他问："看着你遭罪，我于心不忍，我们还是分手吧？"他知道这句话一直藏在妻子心里，只是不肯说，他现在说出来，又希望她能说"不"！

微生露低头拭泪，说："我这臭毛病是与生俱来的……请你原谅。我会……记着你的好……永远望着……你。"

他们很快就办好了离婚手续。

就在这时候，百里波看到了洞庭湖绿苇滩禽鸟救护站的招聘广告，他就毅然离开了株洲，孤身一人去赴任，成了古诗中所说的"天地一沙鸥"。

这栋红砖青瓦的平房，既是一所鸟医院，也是百里波的安身之处，自己做饭自己吃，夜夜独品孤眠滋味。单位领导和附近村民，热情给他介绍过对象，他含笑婉辞。然后说："有这么多鸟儿做伴，我不孤寂。也不会拖累家人，洒脱得很。"

湿地上的鸟，有一百多种，白鹤、棕头鸥、大雁、天鹅、野鸭、鹳、雀、莺……有候鸟，也有常居鸟。百里波的业务范畴，是为受伤、中毒的鸟儿进行救治。有空闲时，胸前挂着望远镜，肩挎医药箱，带上手机，沿岸巡视，观察鸟儿的觅食、孵卵、迁徙等信息。当然，也要制止不法分子的偷猎、布网。他的右脸留下一道发亮的伤疤，是几年前被偷猎天鹅的歹人用尖刀刺伤的，不过那个慌忙逃走的坏家伙最终被绳之以法。

百里波常为鸟儿的多情多义感动得眼含泪水。

雄性棕头鸥，在求偶期间，不停地下水捉鱼，然后叼着鱼去献给心仪的雌鸥。百里波会油然想起微生露，她怕厨房的烟火、油盐气，他就主动学会炒菜做饭，可惜她吃不了几口就要呕吐。

百里波救治过一只亚成体白鹤，误食了毒草几近奄奄一息。这是只雄鹤，他称它为小龙，为它清洗肠胃，灌调养的中草药汤剂，让它在这里住院三十天。从小龙住院那天起，就有一只雌鹤在救护站周围徘徊，不时地会向天长唳。百里波猜出它是小龙的爱侣，就称它为小凤。当小龙恢复健康，走出救护站，小凤迎上前，彼此吻着对方的颈，颈又与颈反复摩挲。然后，它们翩翩起舞，向百里波表示谢意，再振翅长唳几声，才恋恋不舍地飞走。

在一个秋日，小凤忽然不见了。百里波在望远镜里看见小龙狂躁地东寻西找，悲唳声声，惨不忍闻。百里波也着急了，徒步在岸上各处探查，驾船到湿地去寻访，终于在一个流水湾岸边的芦苇丛中，找到了小凤血肉模糊的残骸，它是被山狸子扑倒后咬死的。他不想让小龙看见小凤的尸体，便悄悄地埋了。没想到的是，苦苦寻找小凤数日的小龙，在绝望之后，飞离了这片湿地，从此再也不见踪影。百里波想：小龙会飞向远方一块一块的湿地，去寻找它的小凤，直到团圆……

绿苇滩，成了百里波心中的净土。除了远在株洲的父母，他不想和别的什么人打交道。一年一次的探亲假，他从不选在春节这段日子回家。回去了也是待在家里看书，陪父母聊天，假期没休完，就风风火火回到救护站。父母曾吞吞吐吐告诉他：微生露还没成家，她每隔一段日子就会来看望他们，还要他们不要告诉百里波。“儿子，你也不成家，她也不成家，你们能不能鸳梦重温？”百里波淡淡地说：“二老好好保重身体，操那闲心做什么？”

现代通信真是发展神速，洞庭湖的每个角落，忽然有了互联网。领导让百里波建起名叫“绿苇滩”的网站，宣传爱鸟、护鸟、人与鸟和谐共处。还给他配备了大屏幕电脑、照相机、录音笔。百里波对这些玩意并不陌生，网站上图文并茂，赢得众多粉丝的点击。特别是他写的关于鸟的情感故事，让人啧啧称赞。跟帖的接踵而来。有的跟帖人，还会把自己跟鸟及其他动物之间发生的故事，连同自拍的照片，热情地发到网页上来。

一个夜晚，百里波读到一个网名叫“凉阶”的人发的短文《我为什么养起了猫和狗》，不过寥寥数语：“我从小就不喜欢猫、狗的气味，因为视它们为不洁之物，便产生异常的生理反应。这几年我执意养起了猫、狗，为的是根治我这可怕的洁癖，以此类推，无拘无束地去爱鸟及其他动物。”文后还有两张清晰的照片：一只手拉着一个红色的塑料圈，逗引一只小狗跳了过去；膝盖上坐着一只波斯猫，悠然自在。人脸都在照片外，很艺术也很含蓄。

百里波头上忽然冒出一层汗珠子。

这个“凉阶”，让他想起“凉阶微生露”的诗句，他等这几句话，等这样的照片，等了十年了！

鸬鹚邬

农历春风节一过，八百里洞庭的休渔期开始了。在节后的九十天里，严禁下湖捕鱼。渔民们白天修补船、帆，织网、补网，调养鸬鹚，与风浪生涯暂时小别，日子就变得平静而安闲。剪草镇邬家村的老少爷们，天一落黑，最喜欢去的地方是邬海蛟邬爷的家。

邬家村位于洞庭湖的南水湾，各家住得相对集中，只有邬爷家置放在一个较远的土丘下，丘上树木葱郁。一圈围墙高过人头，内有一排五间的青砖青瓦平房，还有一口池塘。邬爷和老妻朝夕相守，独生子大学毕业后到省城安家立业，另起炉灶了。湖区湿气重、气温低，邬家接待客人的堂屋里，必有老柴蔸燃在火塘，暖烘烘的。大家之所以愿意来邬家，一是邬爷虽刚到花甲，但辈分高；二是邬爷是驯养鸬鹚的高手，人称“鸬鹚邬”，本村和外村用来捉鱼的鸬鹚，不少都来自这里；三是邬爷热情、大方，客人来了，有酒有茶有烟招待，还特别会“摆古”，上天文下地理，一肚子奇闻趣事。

邬爷有异相，头大、鼻高、眼小、下巴前倾，眼虽小却目光锐利如刀，下巴上长一撮黑红的山羊胡子。

邬爷说他家的鸬鹚之所以有勇有谋会捉鱼，是品种好、基因优，延续了一二百年的“香火”，它的先祖就属那种豪杰。

众人笑了，这不是胡说八道吗？

邬爷呷口酒，说：“我家鸬鹚的先祖，最有名的，叫作乌帅。”

“和邬爷同姓？”有人问。

“我的姓比它多一个反包耳。鸬鹚古称墨鸦、鱼鹰，又称乌鬼，因它羽毛乌黑，还带点绿色的金属光泽。关于乌帅就干过一件惊天动地的事，你们想听吗？”

所有的人竖起耳朵，不再说话。

“乌帅体型大，嘴长而曲如钩，如两把锋快的弯刀；那双鬼眼，寒光闪闪；它又力大无比。那一年冬，我的老祖宗和同行下湖捕鱼，急性的人先赶鸬鹚下水，出水入水竟无所得。有血气方刚的人，脱衣泅水去看是怎么回事。原来是深水下，大鱼互咬其尾，层层叠起来，从顶上到四周，围筑成城，固若金汤，小鱼被保护在城中。没法子破城，自然捉不到鱼。”

邬爷抽出一根纸烟，马上有人给他点燃了。邬爷狠狠地吸了一口烟，再慢慢吐出一个一个的烟圈。

“我的老祖宗听了，哈哈一笑，把乌帅放下水去。还告诉那个泅水的人：‘你喝几口烈酒，再去看看城是怎么破的！’”

“城是怎么破的？”

“乌帅先沿城巡看，发现鱼嘴咬鱼尾的地方有缝隙，先用嘴插进去，再将头也挤进去，横绞直捣、乱啄乱咬，挤在一起的小鱼受惊了，胡乱奔逃，大鱼也受不住这股内力，于是城破。船上人见湖波陡起，知乌帅得胜，把鸬鹚通通赶下水去叼鱼。小鱼，一只鸬鹚就可叼起；大鱼呢，它们同心协力，有的咬尾，有的咬腮，有的咬鳍，把鱼抬出水面，各船皆满载而归。你们说，乌帅厉不厉害？我家的鸬鹚是乌帅代代相传的血脉，当然不同一般！”

有人还想问邬爷，除鸬鹚的遗传基因之外，驯养上还有什么妙法？

邬爷打了个哈欠，说：“我困了，该上床睡觉了。”

大家赶忙起身、告辞。

剪草镇镇长惠大为忽然接到匿名电话举报，说邬海蛟每夜三更后，都驾船去湖上用鸬鹚叼鱼！

惠大为年轻有为，虽然上任不到两年，但早闻邬爷的大名和不错的口碑，怎么会在休渔期犯规呢？那是要受到重罚的！他决定一个人悄悄地去邬家私访，调查了解情况。

“邬爷，不速之客冒昧登门，打扰了。”

邬爷正在修补一张网，忙迎上前，说：“惠镇长，我知道你为什么来，有人告我的状了，是不是？”

邬爷先去关了院门，说：“我先让你看个稀奇。”他从池塘边的一个棚舍里，抓出一只体型很大的鸬鹚，真的是威风凛凛，翅羽如铁，嘴曲如弯刀。

“这是个可以领兵挂帅的角色！”惠镇长双眼一亮说。

“但我从不让它去叼鱼！”

“为什么？”

“你马上会明白的。”

邬爷放下鸬鹚，拿出一张小型新网，再在池塘沿岸的水中插上长竹竿，把网布好。又从厨房的水池里抓出两条鲤鱼，丢到入水的网中。鱼虽在网中，泅水后不见踪迹。

惠大为满脸疑惑，不知邬爷要干什么。

邬爷做好了这些准备工作，接着，拿来一把异型刀，中间是扁平的短柄，两端嵌的是薄而长的刀片。他把短柄塞进鸬鹚的嘴里，再用粗粗的橡皮圈缠紧套牢，然后顺手把鸬鹚丢到塘里。鸬鹚很机警地游了几步，猛地扎入水中，好一阵才浮出水面，再跳上岸，来到邬爷脚边。邬爷蹲下来，松开橡皮圈，取出刀子，再拿块儿鱼肉塞进鸬鹚的嘴里。

惠大为忽然发现，有破了的残网漂出水面。鲤鱼在网外的水面欢快地一跃而起，划出很好看的弧线。

邬爷说：“有人发现我驾船夜出，是真的。但不是去偷偷捕鱼，是去切割外乡人到这个地方来非法捕鱼布的网！布网的当然不在现场，待网里装满了鱼，他们会神不知鬼不觉地去收网。但我这样做，也是个秘密，歹人知道了，岂肯饶我？”

惠大为说：“你放心，我也会三缄其口。但你也要受点委屈，我不能公开嘉奖你。”

“那是小事。哈哈，哈哈。”

“用鸬鹚衔刀割网，你是怎么训练出来的？”

邬爷仰天又是一串哈哈，说：“请到堂屋去喝茶、说话。婆婆子，煮茶啊——”

屋里马上回应：“好——嘞！”

自行车修理铺

秋风送凉，雁字南飞。

蓄着短发的杨帆，再次走向这个自行车修理铺，已是十年后。

上午十点钟，株洲工业大学的校园里很安静，学生们都上课去了。

她推着一辆刚买的“永久牌”自行车，经过校门口的传达室，再折向右边的一溜砖瓦平房，在一个窄小的门脸边支好车。

店堂里，放着好几辆待修的自行车，一个头发斑白的汉子，正蹲着修补戳破了的车胎，洗白的蓝工装上油污斑斑。在店堂上端的小桌上，放着一个插了一支洁白芦花的绿瓷小花瓶，一个侧身而坐的女人，久久地与芦花对视。

杨帆眼里兀的有了盈盈的泪水。

车师傅和他妻子还守着这个修车铺。

杨帆十年前从贵州一个小县，考上这所大学的包装设计系，师姐们就说起了这个夫妻店，还说他们已经在此修车好几年了。

车师傅叫车百里。妻子叫蓝姑，是个盲人。

从穷乡僻壤来的杨帆，怎么也没想到大学的校园有这么大，从宿舍区到教学区，要走三十几分钟；到食堂去吃饭，到图书馆去借书，都有不短的距离。校园里最受人欢迎的交通工具是自行车。“永久”“凤凰”“飞鸽”……什么型号什么牌子的车都有。

杨帆不敢奢望。一个贫困农家的女儿，下面还有两个弟弟，读书钱全靠父母从土里刨出来。好不容易考上了大学，学费和生活费是由县教育局担保向银行去借贷的。同学问她怎么不去买辆自行车？她说：“在家走路爬山练出了脚力，方便哩。再说车子出毛病了，我不会修。”懂事的同学连忙附和地点点头。

杨帆真的需要一辆车，可以节约出多少时间，去读书去听讲座，还能去校外看美展看风景。她决心从牙缝里省出钱来，去买一辆只要可以骑的破旧车。她从修理铺前经过时，总会情不自禁地停下来，看码在墙边的自行车零散配件，笼头、车架、钢圈、踏脚，很多都生锈了。

一天中饭后，她走进了修车铺。车师傅在校正钢圈，蓝姑在看花瓶里的一支杜鹃花。

车师傅问：“小同学，你要修车？”

“不……不，是……那支淡蓝色的野菊花把我引来的，真好看。大嫂看花的样子，也很美。我叫杨帆，刚进校不久的新生。”

车师傅笑了，蓝姑也笑了。

“我发现你每天都在花瓶里插上花或者草，你对大嫂真好。”

“我从乡下来这里打工，带着她，为的是让家里老人减轻负担，也赚些钱寄回家去。这些花草，老家的屋前屋后都有，蓝姑看不见，但闻得出它们的气味，心里就不发愁了。”

“你们的爱，就在这个花瓶里，让人佩服。”

车师傅忽然问道：“杨凡，你没有自行车？”

“嗯。乡里穷，买不起……”

“你若不嫌弃，我用这些旧配件，给你组装一辆车，不好看，但肯定能骑。”

“我怎么会嫌弃！我该付多少钱？”

“不要钱。”

“那怎么行？”

“怎么不行！只是一堆不值钱的废铁。没事时，你就来和蓝姑聊聊天。”

“好。”

几天后，杨帆有了一辆自行车。她高高兴兴骑着它，去教学大楼去食堂去图书馆，去校外看美展看博物馆看湘江风光带。隔三岔五，她会在中午时分去修车铺，帮蓝姑洗衣服、扫地，或者为车师傅递送工具。

蓝姑告诉杨帆：“花瓶里的花和草，一天一换，都是老车亲自去采摘的。老车说，我看多了，心上会长出明亮的眼睛，什么都看得见。我真的什么都看得见了！”

杨帆觉得一个个不同的节令，是在花瓶里更替的，她看得很清楚。

她以优异的成绩读完了四年本科，然后回到贵州，供职于贵阳的一家包装制造厂，从事包装设计。一眨眼，她32岁了。

这次来株洲参加一个关于包装设计的学术研讨会，她原本是不想来的。谈了三年的男朋友，供职于一家矿产研究所，因开车去一个矿区调查矿源存量，被一辆逆行的大卡车连人带车撞到山崖下，脸部严重受伤，还变形了，经治疗刚刚出院。按他们的计划，再过两个月就要喜结良缘了。扬帆的闺蜜劝她要慎重考虑，天天面对这样一张丑脸，哪里还快活得起来？

男朋友力劝她去湖南的株洲，散散心也是好的。“你常说忘不了当年的车师傅，为你拼装了一辆自行车，有机会要去看看人家，还要买一辆新车送去，或许有买不起车的贫困生入学，车师傅可以免费让其使用。”

于是，杨帆就来到了株洲，来到了母校的修车铺。

他喊了一声“车师傅”，又喊了一声“蓝姑大嫂”。

车师傅转过脸，茫然地望着杨帆，不知道来的是谁。

蓝姑转过脸，靠近鼻子的芦花轻轻一抖，飘出丝丝花絮。她说：“这个声音我记得，是杨帆妹子来了！”

车师傅一拍脑袋，说：“果然是杨帆！”

“车师傅和大嫂，一点都没变，还是这么精神。”

车师傅笑了，说：“杨帆，你都变得让我认不出了，我们怎会不变，那不成妖怪了？”

蓝姑说：“杨帆妹子声音没变，还是又清又亮。”

杨帆跑过去，抱住蓝姑的双肩，说：“你们是老了不少，可花瓶里每日一换的花和草，还是这么不离不弃，情深意长。你们……让我感动，我……们也应该这样！”

| 厨　娘 |

早晨七点一过，院子里就只剩下瞿欢欢一个人了。

昨夜的白毛霜下得很大，瓦垄上、花木上、石椅石桌上、水泥路面上，闪着白白的光。瞿欢欢看着留在路面的小车轮辙，丈夫和儿子的脚印，当然还有她送到院门边的脚印，甜甜地笑了。

丈夫充实在一家大型铁道机车制造工厂工作，既是高级工程师又是技术研发部的负责人，属高管人员，有着丰厚的年薪。儿子充知读初中一年级了，可以顺路坐他爸的小汽车去上学和回家。他们中午不回来吃饭，在各自的食堂饱腹。瞿欢欢每天的要事，是料理早餐和晚餐。她起得很早，早餐快上桌时，她才叫醒丈夫、儿子起床洗漱，六点半准时用餐。今日的早餐，是小米粥、梅花饼、拇指小馒头，还有一碟子白糖、一碟子榨菜，可以各取所需。

充实说："这道梅花饼的梅花，取自院中的梅树？"

"当然。我搭梯子一朵一朵摘下来，洗净，捣成蓉，掺入和好的面粉中。”瞿欢欢笑着说。

“这拇指馒头里，夹两颗煮熟的小红豆，构思巧妙。每天的早餐都不重复，晚餐的菜也花样时新。妈是天才！”

“让你们父子吃了还想吃，不会忘记我。”

每早，当丈夫、儿子走了，瞿欢欢赶忙去洗涮餐具，再顺带打扫一下卫生。然后呢，看看书、画几笔画，或者写点儿文字。中饭她随便吃点，饭后喝杯红茶，睡个短短的午觉。午觉醒来，侍弄花草，再消消停停准备晚餐。

瞿欢欢做全职太太十年了。二十二岁从株洲商学院包装设计系（她原想读烹饪系，没有女生名额）毕业，应聘到一所中专技校教书。二十六岁与充实结婚，然后就辞职回家当起了全职太太。同学们都各司其事各奔前程，有好几个是读了本科再读硕读博，比如女同学于琛琛。

读书时，大家都觉得她颜值平平，才华也平平，志向更短小，却喜欢颠锅掌勺，有些看不起她，“瞿”与“厨”谐音，便赠她外号“厨娘”。

瞿欢欢听了，浅浅一笑，说：“我喜欢这个名号。”

瞿欢欢的爸爸是一家大酒店厨房的掌勺大师傅，她妈妈在一个工厂的食堂当炊事员，从小她就喜欢操持厨事。上初中时，她在家就可以下厨了，炒出的菜品父母很赞赏，并常得到认真的指点。到上大学时，她在宿舍里置放一个大木箱，里面放着刀、勺、锅、砧板、碗、碟、各种调料，还有一小罐煤气和一个煤气灶，用时随手取出。她间常自己去买菜自己来做，同宿舍的于琛琛和其他同学，被邀请来共进晚餐。

于琛琛私下里劝她：“厨娘呀厨娘，女人不应该沉溺这个玩意，将来去为丈夫、儿女服务？得干大事。包装设计是新兴行业，大有前途。”

“琛琛，你是才女，又是读书种子。我只问你这几道菜口感如何？”

“当然……好！”

这十年，瞿欢欢很少与同学见面，只是偶尔用手机或发微信问候几句，不参加任何群体活动，不去串门聊大天。同学来家做客，她交代请上午来，吃个中饭，便揖手而别。

瞿欢欢在这个上午料理完家事后，正好十点钟。突然院门“咚咚”敲得山响。有门铃不摁，直接敲门的，只有急性子于琛琛。

瞿欢欢赶忙去打开院门，果然是于琛琛。

“厨娘，不速之客来了！”

“于教授啊，不在大学讲坛上课，跑到寒舍来做什么？”

“来问道释疑！”

“我一个闲人，俗而平庸，哪敢开口？”

“女同学中，只有你是富贵闲人，不上班，丈夫还这么喜欢你，应该有绝招。”

“我一听，就知道你和丈夫闹矛盾了，跑到这里来消遣我。外面冷，客厅里开了空调，我们去喝茶、聊天，再招待你吃中餐。”

“好。”

他们在客厅前端的长条案前坐下来。

“喝龙井中的旗枪茶好吗？”

“何谓旗枪茶？”

“一叶一芽连在一起，叶是旗，芽是枪。一斤需五万多个芽叶。”

“哦？我尝尝。”

瞿欢欢沏好了茶，又拿出两个深黄色圆形的盒子，揭开盖，里面各放着糖果和夹心小酥饼，从盒子里面飘出淡淡的柚香。

于琛琛是搞包装设计的行家，捧起一个圆形盒看了又看，嗅了又嗅，说：“从哪里买的？这是用整个柚子皮做的，不加任何装饰，第一次见到。”

“我自个儿做的。”

“怎么制作？”

“简单呀。买来形状圆硕的柚子，在齐腰处用刀子切断，再把柚肉小心地掏出来，在里面嵌入大小适当的瓷碗，放在透风处吹干，然后取出碗，修理出盒身盒盖的接缝。用它盛糖果、点心，有纯净的柚香。乡下老人用它装旱烟，别有意味。”

“你的专业没丢啊。”

“见笑！当年同学都笑我平庸，然后结婚生子，过一种寻常生活。我真正感兴趣的是厨艺，家传的手艺培养了我的味蕾，会做也会吃，还想写些关于食材、刀工、火候、配料、调味、烹制方面的文章。我要的是一种自由自在。丈夫善解人意，也有这个经济实力，让我闲在家里做自己喜欢做的事。”

“这些年，我也来过几次。看过你的书房，古代的烹饪书不少，《食宪鸿秘》《随息居饮食谱》《随园食单》《吴氏中馈录》……还有关于诗词欣赏、古琴演奏、衣服剪裁、栽花种草方面的书，你活得又雅致又舒闲。这一点，你比我强。我只是一个职业女性，而且想和男性见个高下，不想生孩子，也不想做家务，吃饭在食堂，满脑子是工作和学问，连丈夫这个大学教书匠，也露出不想和我过了的意思。”于琛琛叹了口长气。

墙上的挂钟当当当地敲了十二下。

瞿欢欢说：“我该下厨了，总不能饿着肚子聊天吧。你歇着，或者也到厨房去和我说说话。”

“我当然到厨房去。”

“我记得你喜欢吃虾仁菜，我就做湘菜中的软炸虾仁球、虾仁烩干丝、炒鲜虾腰、虾蓉茄夹。五十分钟，菜可上桌。”

“我成独享小灶的人物了，荣幸之至。”

瞿欢欢系上围腰，说：“你看好表，我开始了。”

择菜、洗菜、切菜、配料。开启两个煤气口，一个煮饭，一个炒菜。锅勺搅动之声，此起彼伏；油烟与水汽升腾，如云山雾罩。

于琛琛看得眼花缭乱，佩服得不行；看得喉结上下蠕动，舌尖生香。

“听说，你先生早晚两餐，必在家里用？”

“对，除非他出差去了外地。单位有应酬，朋友有宴请，不管在什么有名的大饭店，他一概不去。”

“为什么？”

“他说：我老婆的饭菜做得精美，其味无可比拟。”

“要是他外面有相好的呢？”

“没有发现，我也不探问这种屁事。即便有，他习惯了我的好饭菜，舌尖上的味蕾会告诉他赶快回自家来。”

于琛琛眼里忽然有了泪水。

“五十分钟到了，菜齐了。琛琛，请上桌。”

“呵，我都口角流涎了。欢欢，以后……你教我炒几道菜好吗？”

“没问题。虽是小技，可自享也可他享。有个孩子更好，看着他吃得高兴，心里美滋滋的。”

“将来你出书，我自告奋勇作序，以作答谢。”

“好啊！中午，我们要好好喝几杯干红葡萄酒。”

“美酒佳肴，太好了！”

鸥归何处

十年前，何一鸥突然在湘州市消失了，消失得了无痕迹，活不见人，死不见尸。

生活的节奏越来越快，谁还会想起他呢？即便在他工作过的园林管理局，局领导走马灯似的来来去去，各部室的成员老的退休新的上岗，与他同龄的同事也都入了老境，“何一鸥”这个名字早就在他们的记忆里蒸发了。

只有传达室的周百川，还会有意无意地记起何一鸥。

周百川六十有五了，白发白须，一辈子与传达室相厮守，满花甲后又被延聘，是局里真正的老资格人物。

传达室的工作很简单：收发报纸、书信，让来访者登记在册。很多的时候，周百川是孤零零地坐在桌子前，静如雕像，从厚厚的嘴唇间，冷不丁地跳出一句话，“何一鸥到哪里去了呢？”

三十年前，也就是二十世纪八十年代中期，何一鸥从林学院毕业，分配到园林管理局。小伙子长得很壮实，蓄着板寸头，操一口湖北腔，穿着一身土布衣裤。周百川立刻猜测出这是个出身农家的孩子，朴实得可爱。

何一鸥分配在绿化科。

传达室外面的墙上，挂着一块小黑板，谁有信件、汇款单或私费订的杂志、报纸来了，周百川在黑板上写上名字，让他们及时来取，这时候才会和周百川打个招呼。何一鸥不同，只要经过传达室，都要隔着窗子亲热地叫一声“周师傅”，问声好。周百川心头一热：这个小伙子懂得尊重人！

半年后的一天，周百川闲得无聊，随手翻阅桌上的《湘州日报》，在副刊版上发现了“何一鸥”的名字，发表了一组《农民工》的新诗，第一首叫《早餐》。周百川自然看不懂新诗，但有些句子他觉得很有意思：“把早晨短暂的时光 / 压缩成一包方便面 / 用开水艰难地冲泡 / 昨夜的梦很冷很乱 / 在这一刻有了温度和秩序……”是何一鸥写的吗？如果是，本局破天荒出大角色了！

当何一鸥下班后，走过传达室向周百川问好时，周百川把他叫了进来，问：“你写过《农民工》的诗吗？”

“写过。你怎么知道？”

“今天见报了！”

“真的吗？”

“那还有假！你看看这报纸的副刊。”

何一鸥接过报纸，看了又看，眼里流出了泪水。

周百川说："你上班认真干本职工作，下班后好好读书、写作，这是大好事。不像有些人上班瞎混，下班后打牌找乐子，还赌钱哩。"

"谢谢周师傅。"

后来，何一鸥断断续续在报刊上，发表过一些零散的诗，局里上上下下都当面称他为"何诗人"，背地里却有不少议论，说他"不务正业""清高自赏"。于是，局里一次次地提拔干部，何一鸥都没法沾边，在科员的位置上雷打不动。

周百川很为何一鸥抱不平，但他能说什么？一个守传达室的，没有正经的"话语权"。

何一鸥三十岁时，找了个街道小厂的姑娘刘美兰结婚成家，然后有了一个女儿。业余他不再写诗了，也不读书了，倒是常应邀和单位的同事们搓麻将，在一起说说笑笑，显得很亲热。

周百川听人说，何一鸥在初学搓麻将时，老是输钱。但他聪明，不久就得心应手，赢多输少了。有好心人启发他：跟管事的头头儿们打牌，他得合情合理地输牌，人家心里有数哩。于是，他只好脸上笑心里痛地输钱，虽然每次输钱不多，但叠加起来就不是个小数字。

周百川知道，何一鸥乡下有父母，每月得寄钱回去；岳父岳母也在乡下，而且多病；一家三口所需的各种费用不少，且城里的人情往来又很频繁，每月剩不了几个钱。何况小两口结婚时贷款买了一套小两室一厅的房子，还得还贷。何一鸥打牌，哪有这么多钱输？假如打牌是为了升个什么官，那就太不值得了。

何一鸥每次经过传达室，一如既往地喊："周师傅，你好！"

周百川笑着说："进来坐坐？"

"不啦，家里有事哩。"何一鸥边说边走，生怕被留住 。

何一鸥年过不惑了。他的女儿上初中了。

二〇〇八年初夏的一个星期天，何一鸥忽然打手机给周百川，说要请他吃中饭，务必光临，在一条僻静小街的小酒馆里。周百川也想借这个机会，安慰安慰何一鸥：科员就科员吧，只要家小平安，业余干点正事要紧，不要打什么鬼麻将了。

当他们面对面坐在雅座里，周百川觉得何一鸥面色很憔悴，显得老。何一鸥一口气敬了周百川三杯酒，然后说："我知道，周师傅一直关心我，可我不听劝，走了歪路，唉。"

周百川说："你的妻子很贤惠，女儿读书也很用功，这是你的福分。你正当盛年，可以重新开始。"

何一鸥又一口干尽杯中酒，满脸泪花，说："我们已经离婚了。我不能再害她们，她们总得有个安身的地方，房子都给她们了，我是光身出屋。我会远离这个地方，如果有人来找我，你就实话实说，拜托了。"

周百川愕然，这是不是酒后胡言？这对夫妻一直感情很好，怎么说离就离了呢？再说何一鸥要到么地方去呢？

何一鸥忽然站起来，拱了拱手，说："周师傅，就此拜别，谢谢了。”说完，头也不回地窜出了小酒馆……

第二天，何一鸥没来局里上班。以后呢，也没见他的人影子。局领导说何一鸥是“无故旷工”，三个月一过，就作“自动离职”处理。

有一天，几个凶神恶煞的人来到传达室，问周百川：“何一鸥在这里上班吗？”

周百川知道这是江湖上的歹人，毫不客气地说：“他几个月都没上班了，被除名了！你们找他有事吗？”

“何一鸥借了我们的钱，连本带利好几十万，躲到哪里也要把他抠出来！他不在，只要他老婆在、房子还在。”

周百川冷冷一笑，大声说：“何一鸥早和老婆离婚了，他也不知去向，有本事你们去找他算账！”

那几个人骂骂咧咧地走了。

周百川忽然对着墙壁狠狠地擂了几拳，心想：何一鸥不管先前有什么错忤，但最后的表现像个爷们儿！

十年过去了。周百川听说，何一鸥的女儿，早已大学毕业参加工作了。

莲叶何田田

何田田和卜实实都老了。

只有他们家的荷叶荷花不老，年年叶碧花红。然后结出莲实。周而复始，永无穷尽的样子。

他们从大学毕业，分配到株洲这家造火车头的大工厂，一眨眼，四十多年过去了。

造蒸汽机车，造电力机车，造每小时跑三百公里的高速动车，他们都经历了。他们人生的轨迹，与同代人并无二致：恋爱、结婚、生子。独生子好像是突然长大的，大学毕业后，和女朋友到“风头如刀面如割”的大西北去了，然后在那里成了家，也有孩子了。

时间的波流无声无息，也无休无止。在他们眼里，只有荷叶荷花是个不老的主题。

卜实实向何田田求爱时，送去的是用一个铝饭盒移栽的碗莲。他们从不同的大学毕业，来到这个厂的技术设计部，好几个月了。

株洲是座新兴的工业城市，机车厂是株洲王冠上的明珠，高大的厂房一栋接一栋，到处是纵横交错的轨道线，钢鸣铁响充满阳刚之气。

这个夏日的黄昏，何田田突然想起了“人家尽枕河”的故乡苏州，想起了家门口那个荷塘，下了班，连晚饭都不想吃，恹恹地回到了单人宿舍，门也没关，就靠在床头发呆。她父亲是教书的，当她降生于盛夏，就从古诗“莲叶何田田”中取出三个字作为她的姓名。

卜实实轻轻地走到门边，轻轻地“咳”了一声，轻轻地说：“何田田，我来送样东西给你。”

何田田长得漂亮，又是一口带吴侬软语的普通话，好听，常有动了春心的小伙子给她送电影票、小礼物，她笑着脸一别，快步而去。

“我——不——要，谢谢。”

“你睁开眼，肯定会喜欢的。”

一个铝饭盒，缓缓移过来。进厂时，每个人都发了一个铝饭盒，每人都在盒底刻上自己的姓名，用来去食堂买饭菜。饭盒里盛的不是饭菜，是直立的两片荷叶和一支羞红的荷花。何田田兀地站了起来。

“碗莲！你是哪里弄来的？”

“我骑自行车去了郊外的一个花木园，讲好话购来的。”

“你也懂碗莲？”

“我的老家在洞庭湖区，那里到处都是荷湖荷塘，也有栽碗莲的高手。”

栽种在碗里的莲花，叫碗莲。何田田原以为只有苏州、杭州、扬州一带才有，不是有绝妙手段的花匠培育不出来！碗莲价贵，作案头清供，一般人花不起这个钱。

何田田嘴角泛起笑意，说：“《中国荷花品种图志》称，碗莲的第一个标准是碗的口径必须在26厘米以内……”

卜实实见她不说了，忙接过话：“还有三个指标必须达到：花的直径不超过12厘米，立叶的平均高度不超过33厘米，叶片的直径不超过24厘米。我量了，都达标。只是饭盒……是个长方形的。我知道种碗莲都用古香古色的碗，我买不起，就带了这只饭盒去。”

“你把吃饭的器具都让给了花，真是一个真正爱花的人。我喜欢。我又闻到家乡的气味了，家乡近在面前。啊，饭盒没有了，你怎么吃饭？”

“我买了一个搪瓷盆。”

何田田说：“我有点饿了。一起去饭馆，我做东。然后……请你看场电影。好吗？”

“好……好。”

碗莲的叶黄了，花瓣飘落了，凸露出一个小巧的莲蓬。

他们结婚了。

厂里没有多余的宿舍，他们在郊外一个菜农家租了两间土砖房子，一间作卧室，一间作厨房。

这个冬天很冷，北风吼，雪花飘。

卧室里生着一炉煤炭火，火上搁着一只烧水的小铜壶。他们喝着刚沏好的绿茶，火光在脸上一闪一闪。

“田田，卧室窗外有一小块小小的空地，我想挖出一个种荷的小池。”

“太费力了。满眼是菜畦，也好看。”

“待你怀上小宝宝时，你坐在床上往窗外一看，荷叶荷花赏心悦目，荷气袭人，就像回到老家了。”

“谢谢……谢谢。”

两米见方的荷池挖好了，夯实了防漏的池底，先铺上细沙，再盖上挑来的塘泥。入春后，购来保留了三个节的荷根，埋入泥中，然后在池中灌满了水。

他们早出晚归，三顿饭都在厂里的食堂吃。白天绘制图纸，下车间实验，忙得像轴承转，夜色四合时才回到家里。洗漱毕，摁亮手电，到荷池边站一阵，说一阵话，然后回到卧室，共一个书桌或看书或整理资料。

小如钱币的荷叶，绿在水中，这叫“钱叶”。叶子长大了，浮在水面，这叫“浮叶”。然后，叶子挣扎出水面，称之为“立叶”。叶梗渐高，叶片渐圆渐阔。接着有了荷蕾，荷蕾慢慢饱满，再打开一层层花瓣，吐出清雅的香气。

卜实实常在夜深时，用小纱囊装上一小撮龙井茶，放入荷花花心中。第二天清早，再取出来沏茶。其味妙不可言。

何田田很感动。这种“荷花香茶”的制法，出自《浮生六记》中一个叫芸娘的女子。

秋风初起的时候，何田田怀上孩子了。

公休日，她靠在窗前的床上看书，眼倦了，喝口荷花香茶，再看看荷叶荷花，妊娠期的反应如烟消云散，快乐像喷泉一样在心头喷溅。这时候的卜实实，或出外采购物品，或在厨房奏响刀砧锅碗，闻声而不见人。

他们在这里一住就是八年。

儿子上小学二年级时，他们也从技术员变成了工程师。厂里一口气新盖了十几栋有电梯的高楼,他们分到了一个购房指标，三室一厅，十六楼，有一个阳台。

儿子很高兴，说：“上学的路短了！”

何田田望着窗前的荷池，眼里有了泪水。

房子装修了，家具、厨具都采买齐备，一家人欢欢喜喜住进了新房。

何田田发现阳台上多了一个绿釉大瓷缸，里面长出三片阔大的荷叶，还有两支盛开的荷花和一支待发的花蕾。

“老公，你把荷池都搬来了！”

“昨夜花店就送来了这缸荷花，只是没告诉你。”

“三片叶子，三枝花，我们一家三口，你想得很周到！”

这一缸荷叶荷花，叶凋了又生，花落了又开。

眼下，只是叶子成了五片，花成了五朵。

除了老两口，还有儿子、儿媳和孙子。

卜实实掠了掠半白的头发，说：“儿子一家，说今年要提早回来探亲，孙子一放暑假，就赶回来看荷叶荷花，大西北没这个风景。”

“是啊，春节回这里，荷叶枯了，荷花落了。”

“你怕孙子不认得荷叶荷花，儿子、儿媳明白你的意思。你的苏州荷菜荷饭做得好，该露一手了？”

“那是。我们去采买荷叶、荷花、莲子、藕，我会换着给他们做荷菜荷饭：荷叶蒸肉、荷叶蒸鱼、荷花丝炒蛋、醋熘藕片、莲子甜羹、荷花糕、荷花粥……”

“我都尝过，此中有深意，要慢慢体味。”

“我们都体味多少年了！”

花草柬

古城湘潭有许多条古香古色的巷子，巷子里讲究的人家，院门两旁放置着花草，门楣上攀爬着藤本植物，还会摆上石凳或椅子。让前来叩访者稍坐，等待主人开门迎客；或者，经过此处的陌生人，走累了，也可以坐下来，歇歇脚。有的主人很风趣，还会在门上贴一条窄长红纸，上写：“花草陪人请小坐”。这个红纸条，人们称之为“花草柬”。

曲曲巷中的高家宅院，就是这种格局。

男主人叫高震宇，快七十岁了。除了他，还有一个比他小一岁的妻子柳鹂。儿子一家在外地，只有春节时才回来与他们团聚。他们喜欢安静，退休前和退休后一个样，院门常关。但只要他们一出门，见着街坊邻居，总会主动打招呼，客客气气的。他们不去串门，也不邀请别人来家里。但院门两旁的花事常新，花缸按照时令换进换出，春天的山茶花、夏天的荷花、秋天的木芙蓉、冬天的绿梅或白梅。他们在院子里养了许多缸花草，轮流着让花草出来陪人。他们不孤芳自赏，而是让大家赏心悦目，这分心意就很难得。

更有意思的是，他们在院内靠门两侧的墙根下，栽了许多藤本植物，比如迎春花、紫藤花、牵牛花、爬壁虎之类，再用细麻绳拴在院门顶端和扶持植物的竹竿之间，让柔藤顺着绳子爬到门楣上，变成一座花草牌楼，好看。春有金黄的迎春花，和粉紫相融的紫藤花；夏秋的牵牛花，有红有白有紫，像一支支仰天而吹的小喇叭，仿佛铿然有声。

退休前，高震宇是本市京剧团的名角，谭派老生。柳鹂先是唱梅派旦角的，后来身体不好，改行成了后台的检箱（收检戏服）人。在职时，早晨要吊嗓、练身段，然后是琢磨戏文；下午得好好休息，晚上要演出。柳鹂五十五岁就退休了，高震宇一直唱到六十五岁，红了好几十年，然后在声誉最隆的时候，急流勇退，息影林泉。

人们很奇怪，高震宇一身的好本事，怎么不带徒弟？他饰《碰碑》中的杨老令公、《打渔杀家》中的萧恩、《空城计》中的诸葛亮……一亮相一叫板必是“碰头彩”。可他的儿子却坚决不学戏，他想的是好好读书，将来去造飞机造火箭。儿子被他骂过打过，但倔强如故，有几句话就最让他伤心：“爹，成一个角比成一个科学家还难，嗓子好身材好是爹妈给的‘饭碗’，还得有悟性，能吃大苦。您是成功了，妈就没成。我不是学戏的料，普天下也没几个是！您不要轻易带徒弟，别害了人家。”

现在儿子在大西北的一个特殊单位工作，已经是总工程师了。

高震宇真的没有带过徒弟，也不接待上门来求教的同行和戏迷。自己走上了这条路，就好好走下去吧。可心里老觉得对不起人，就让院门两旁的花草表示歉意吧，让人看看花，听听他在院里吊嗓子，或者酣畅淋漓地唱上一段，聊作补偿。到真正退了休，高震宇凌晨起床后的大事，是和老妻一起去侍弄花草，一边干活一边轻声哼几句而已。

处暑后，天气变凉了。

高家院门两旁，分放着一缸雁来红、一缸白菊花。门楣上爬满了清脆的藤叶，一朵朵直立的牵牛花，红红紫紫，还有白色的，开得很热闹。

巷子里的人，发现天刚亮，就有一个穿西装的中年汉子，安静地坐在高家花缸边的绿色木靠椅上，上身直直的，两手平放在膝盖上，尖起耳朵听院里的声响。

这个人没有谁认识。

院里传来录音机播出的京胡声，高震宇唱道："恼恨那吕子秋行事可恶，恨不得插双翅飞过江河。船行到半江中儿要掌稳了舵。我的儿为什么撒了篷索？"接着，高震宇变了哭腔："啊……桂英儿啊！"

有老戏迷明白，这是《打渔杀家》中萧恩的唱段，"快板"后是"哭头"，而这"哭头"是高震宇的绝活，"儿"字下行腔，将喉音愈落愈低，透出苍老凄怆之音！有人正要喊“好”，中年汉子忙站起来，摆摆手，又深鞠一躬，然后再坐下听。

高震宇反复唱了三遍，才停住。

中年汉子站起来，朝挤在巷道里的几个人拱了拱手，然后飘然而去。

第二天早晨，中年汉子又来了。

高震宇唱的是《碰碑》中，杨老令公与六郎离别后，先唱“二黄导板”再唱“哭头”：“我的儿呀！”声腔极为凄惨悲凉，也是唱了三遍。

第三天早晨，巷子里的人，早早地聚集在高家门口，就为听高震宇的“哭头”。

那个中年汉子没有来。高震宇也没有打开录音机，没有唱“哭头”。

又过了些日子，外地的一个京剧团来湘潭演出，主角是谭派老生传人、年方四十的景金石，戏码是《打渔杀家》《碰碑》《四郎探母》。海报上还贴了照片，景金石就是那两个早晨来听戏的中年汉子！

巷子里立马欢腾起来。

“景老板肯定是来请教‘哭头’唱法的。”

“那么，高老板怎么不开门迎客？”

“你想啊，高老板多少年都不点拨人了，再为一个外地人支招儿，别人会怎么说？”

“对呀。我猜想有高老板的师兄弟用电话引荐，定好了时间，他在里面唱，景老板也是谭派传人，一听就明白诀窍在哪里。”

“高老板并不失礼，门上有花草柬，门边有花草陪客。”

“买票去，听景老板的‘哭头’，等于是听高老板的‘哭头’！”

树 医

卫根生快六十岁了。

满脸皱纹，一头白发，背也有些微弯，左看右看，都像一棵进入衰年的老树。

曲曲巷的男女老少，当面叫他“卫爷”，背地里却称他为“树医”。

潭州是一座有着千年历史的古城。可名正言顺称为古城的，其一是有史籍可作查考；其二是地面上有许多历朝历代遗留的古迹可为印证；其三是古树多。何谓古树，是指树龄在百年以上的树木，三百年树龄以上的为一级古树，其余的为二级古树。潭州城中，一级古树有五百余棵，二级古树则两千有余，多是松、柏、槐、银杏、樟树。

古迹和古树，都由潭州博物馆管辖、护卫和修缮。故博物馆专设了一个科室：“古树科”。卫根生是该科的头，和几个同仁一起，要干的活无非是巡查古树的生存状况，严禁任何损伤古树的行为，对衰老多病的古树进行医治和护理。“古树科”其实就是“树医科”，卫根生喜欢这个名字。他常说：“长年累月和古树打交道，不知不觉自己也衰老了。”

年代久远的树，主干往往会中空，像被开膛破肚，主枝容易死亡，使得树体倾斜；又因树体衰老，枝条也会无力下垂，于是整棵树需要外力支撑，或以钢管编扎出撑持的棚架，或以扁钢箍紧干裂的树干。有些树干的伤口，因衰老、虫害、冰冻、雷击造成，需要人工治疗，在伤口旁钻眼注入激素，用生物胶重植树皮，还要改良土壤、施用不同的肥料，配备恢复健康的“营养餐”。卫根生是真正的行家里手，当树医当得有滋有味，但在博物馆，没人肯正眼看一看他，评先进科室和先进个人，总是榜上无名。卫根生无所谓，他说，古树是古城的老者，面对它们如同面对自己的长辈，难道侍奉长辈还要评功授奖吗？

屹立在公共环境的古树，他悉心照料。私家庭院里的古树，只要主人邀请，他也常去探看，而且一见钟情，相谈甚欢。

曲曲巷的魏家，卫根生就去过好几回。

魏家院子正中央，有一棵两人方可合抱的虬龙柏，三百多年了。树身有些歪斜，叶子稀稀拉拉的，根如龙爪，树身的下半截中空，在一个弯曲处破出一个大洞，坦然而见天光，树皮也破裂了，如披一件烂衣衫。

当家的叫魏遵规，比卫根生小两三岁，是个老中医。他告诉卫根生，院子和柏树都是祖上传下来的，院子不知翻修了多少次，但柏树依旧岿然不动。

五年前他们第一次会面，是因虬龙柏在雷雨夜，被劈去上部分左边的一个粗壮的侧枝，断面上还留着乌黑的烙痕。

“卫爷，这棵树会死吗？”

“死不了。我用药剂把伤口处理一下，你放心。”

“古人说：树犹如此，人何以堪。”

“魏先生触景生情，好像有心事？”

“我那儿子说这棵树长得难看，要死不活的样子，不如连根刨了。”

“你不同意？”

“当然。看见树，就想起小时候的事情，我爹在树下教我背汤头歌诀，教我识别药草，心里满满的是怀念。”

“儿子是做什么的？”

“电脑程序员。新潮角色。”

“你要让他喜欢这棵古柏，它是这个庭院的魂。杜甫《古柏行》称：‘霜皮溜雨四十围，黛色参天二千尺。’古典的美丽，哪里去寻？”

“是啊，是啊。”

后来，卫根生又去过几次魏家院子，喝喝茶，聊聊天，很快活。

一眨眼，又是一年春风来。

魏遵规忽然打电话来，请卫根生去一趟。因为魏家要大规模翻修庭院，准备为儿子小魏办喜事。小魏坚决要求把虬龙柏刨掉，再放置一些健身器材，魏遵规坚决不退让，以死相拼，父子闹得如同仇人。

卫根生也知道，那棵虬龙柏寿限也快到了，上半截虽还有些半黄半绿的树叶，不过是苟延残喘。但若砍去了，魏遵规就会悲情难遣，会弄出大病来。唉！

卫根生很快来到魏家。

久雨初晴，满院是金箔似的阳光。

魏遵规父子和卫根生，坐在柏树旁的石凳边。

小魏说："卫伯伯，这柏树活不长了，留它做什么？难看。"

"小崽子，你咒它死，不如说是在咒我死！"魏遵规气鼓鼓地说。

卫根生微微一笑，说："是啊，树是老朽了，还能活多久？谁也不知道。但这院子最贵重的不是你们要新建的房屋，却是这棵有着三百多年树龄的虬龙柏。"

小魏睁大了一双眼睛，想再说什么，忍着没开口。

"现在老城改造闹得风风火火，有些老巷子已经拆了。"

魏遵规说："曲曲巷不可能拆！"

"我也希望它不拆，假如要拆呢？我是说'假如'！"

魏遵规叹了口气，低下头来。

小魏眼睛一亮，问："卫伯伯，这棵虬龙柏，假如拆院子的话，该给树一个什么价码？"

卫根生说："以我过去评估的经验而论，虬龙柏应该在三十万上下。小魏，你舍得吗？”

“树，可以不挖。不过，得让它活得久一些啊，别没等到拆迁它就死了。”

“我是树医，这点手段我还是有的。搭个棚架支撑树身，人工植树皮，还要在柏树根的空隙处再栽一棵小柏树苗，让绳子牵引它的枝叶在中空的树里顺着往上长，直到张开一片浓荫。”

魏遵规一拍大腿，说：“儿子，这叫孝——顺！”

小魏顿时满脸发热，说：“爹，你高兴……就好。”

小魏结婚了，生孩子了。

小柏树扎牢了根，枝叶顺着树的空心往上长，生机勃勃，从从容容。

魏遵规隔三岔五打电话给卫根生，说：“卫爷给树看病，把我的心病也治好了。”

只有小魏常在网上探看古城改造的信息，自言自语：“这曲曲巷什么时候拆迁？”

谁知道呢！

最后的考试

民营企业时珍制药总公司，向社会招聘总经理助理的最后一场考试，在这个夏日的上午十一点钟，轻轻松松地结束了。

从头到尾负责这项工作的劳动人事处处长劳辛，全身每一根神经都绷得紧紧的。

公司规模不小，有中药研究所、中成药制造厂，以及负责采购、营销、宣传、后勤、接待的职能部门，员工达两千之众。

总经理简明五十有五了，双鬓已见星星白发。他对劳辛说："你和我，还有同时创业的几个老伙计，都上年纪了。尤其是我，还有心脏病，当这个'一把手'，越来越吃力了。我想选聘一个年轻人来任总经理助理，先让他历练几年。"

劳辛马上说："是啊，我比你只小两岁。我建议为避免近亲繁殖和人情关系纠缠，可以面向社会公开招聘，二十万年薪应该会有贤人来！年纪必须是三十岁以下的男性，有一定的学历和工作经验。"

“行，你想得比我周全。”

报名很踊跃，先是专业文化考试，呼啦啦淘汰了三分之二。接着是中医药专家担任考官的面试，优中选优，就剩下了三人，他们是朱宏可、蓝小为、白大波。

劳辛心里看好的是朱宏可。

最后的考试怎么进行？简明说：“大家让我来出题，是最大的信任，那我就届时再奉告。”

考场和考试内容，直到今天早上，简明才告诉劳辛。

考场选在总经理室隔壁的小会议室（劳辛想：这个会议室有监控装置，总经理可以坐在办公室全方位观看考试情况），在后端的靠墙处，摆了三套小方桌和长背靠椅，桌与桌之间拉开一米的距离。每个桌上，摆着一副有茶托、茶碗和碗盖的盖碗茶具，里面放上了茶叶。桌上还各放了一串钥匙，其中有一片贴了编号，可以分别去打开正前方靠墙，也贴了编号壹、贰、叁的文件柜（劳辛想，文件柜里应该放着考题）。在墙角的一个茶几上，摆着一把灌满了水的电热壶。

简明说：“劳处长，九点钟你领他们进入考场，座位由他们自选。你只交代他们，九点到十点是自由聊天时间；十点整，他们用编了号的钥匙，去打开编了号的文件柜，里面的东西可取一件自用。其他的什么也不用说，已安排工作人员照料。你就回到我的办公室，还有几位老伙计，我们一起喝茶、聊天、看电视。”

十一点到了，工作人员打开门，考生高高兴兴地出了考场，嘱咐他们安心在家等候消息。

简明关了办公室的电视，说：“各位手上都有考生的资料，刚才又全程看了电视，我先听听你们的高见。”

和劳辛邻座的老刘，说：“我刚才看三个人的年纪，蓝小为过了三十岁，超龄十八天；白大波也超龄了七天。老劳，论招考基本条件，只有朱宏可才是合格的。”

劳辛说：“是我的疏忽……原先怕报名人少，就放宽了点年龄限制。老刘既然提出来了，怎么办？”

老刘又说：“后来报名的人不少，又让他们连过两关，但这最后一关，恐怕不能将就了。”

劳辛低下了头，说：“我……同意……不过，还得听听……大家的意见，尤其是简总的意见。”

简明喝了一大口茶，说：“老刘，劳处长的想法没有错，你别揪住这个不放，也不过是超龄了一点点。要把人家刷下去，就要赶早，既然让他们考到最后，再以此为由头淘汰，就会给人落下话柄。劳处长，你说呢？”

劳辛的脸蓦地红了。

“各位都看了电视，你们说说谁最后胜出？”简明笑着问。

“我们没有出题，考生也没有答题，他们之间又没有说什么要紧的话，分不出谁胜谁败。”

“简总，还是你说吧。”

简明见大家都望着他，就转过脸问劳辛：“你应该有高见啊！”

劳辛说：“我真的没有什么高见。简总，你比我们想得深、看得真，还是你说，一锤定音！”

简明说：“也好，我说吧。今天是休息日，辛苦各位了，中午我私人请客，到饭馆去喝几杯酒。”

“好嘞。是为你选总经理助理，应该如此。”

简明淡然一笑。

“最后的考试程序，是我一个人操办的，你们中没一个人知道，为的是不泄题。我以人格担保，这三个人我都缘吝一面，素不相识，也与我没有牵藤搭柳的什么关系。前面的两场考试，我也从不过问，这点劳处长可以证明。”

劳辛小声说：“我可以证明。”

“古人说，看一个人是否有清姿贵格，是否可担当重任，应从生活的细微处考量。我设置的考场和考题，都很生活化，他们的一举一动都是应考内容。”

大家精神一振，眼睛瞪得溜圆。

“工作人员打开考场的门，第一个抢着进去的是朱宏可，径自走向正中的座位。第二个进去的是白大波，就近坐在靠门的座位上。最后进入的是蓝小为，他走向顶里面的那个座位，从从容容。”

老刘说：“朱宏可有一种敢作敢为的气派，好。白大波求稳求方便，就近处坐。”

劳辛说："蓝小为是无可选择，只能如此。"

简明继续说："朱宏可揭开茶盖，见没有沏上茶，立即重重地盖上了。白大波好像没看见也没听见，从提包里拿出一支圆珠笔，拧开笔套，用笔尖在左手掌心划来划去，看墨水是否通畅。蓝小为站起来，走到电热壶边，插上了插头；不一会水开了，他提起壶，先给白大波倒水，白大波揭开碗盖，站起来表示谢意。给朱宏可倒水时，是蓝小为揭开碗盖的，朱宏可挺胸坐着，面无表情。三个人喝茶的姿态也不同：白大波揭开盖子放在桌上，不急着喝，让茶慢慢凉下来；朱宏可却是双手端起碗，想大口喝，烫得身子歪了歪；蓝小为是左手端起茶托，碗立在茶托上，不会烫手，这也是喝盖碗茶的规矩，然后再揭开碗盖，用碗盖边沿在碗面荡开浮着的茶叶，再小小地呷一口，盖上碗盖，轻轻放到桌上。"

有人问："这说明什么？"

"蓝小为谦逊、低调，愿意为他人着想，而且是出自教养很好的家庭，有清姿贵格。白小波如老刘所评，求稳求方便，但懂礼性，有管控自己的能力。朱宏可呢，大有舍我其谁的气概，不容易与人相处，还急躁、粗疏。"

"下面呢？快说，快说。"

"快到十二点了，我简单点说。九点到十点，他们聊天，只是断断续续说了几句，可以不论。十点还差十分时，朱宏可已把这一串钥匙拿在手里翻动，抖出叮叮当当一片急响，然后又把眼睛死死盯住那个自己可以打开的文件柜。白大波是摁住钥匙串，一片一片地找，没有一丝声音。蓝小波一动也不动，直到十一点了，才站起来，拿起钥匙串，迅速找出贴着编号的那片钥匙，不急不慢走到‘壹’号文件柜前，准确地把钥匙插进锁孔里。三个文件柜，各放三样相同的东西：一本《时珍制药总公司各级干部花名册》，从最底层的班组长到总经理的姓名、简介都印在册中；一本《家庭养花指南》；一本《唐诗分类品赏》。朱宏可取的是花名册，只看了前面几页介绍公司一级领导干部的，就丢下了，时而站起，时而坐下。白大波取的是《家庭养花指南》，先看目录，再找出其中的几页仔细看，眉飞色舞，可以猜想他家里是种着这几种花草的，看了就可以付诸实践。蓝小为看《唐诗分类品赏》，先看封面，再读序言，然后凝神静气一页一页地细读内文，几次要提笔去圈点，想到不是自己的书，赶快收手，可见他在家里就有读书的好习惯，在这种场合依旧如此，不容易！”

“说完了？”

“说完了。吃饭去。”

“到底是谁呢？”

简明仰天一笑，说：“你们都装糊涂，不肯说，我也暂时不说。你们可以去问问劳处长，他比我还明白。”

劳辛说：“简总……没有比你更明白的……”

捧　角

湘楚市是座千年古城，又因水路交通便利，工商百业繁荣，常住人口赫赫达数十万之众。

古城的男女老少，在工作之余，最喜欢的娱乐项目是上戏园子看戏。口语里的戏园子，就是古香古色或时尚现代的剧院。

本地的专业剧团不少，京剧团、昆曲剧团、湘剧团、花鼓戏剧团，有的剧团还有好几个分团，轮流着在各个剧院上演老剧目和新剧目，总是座无虚席。剧团多，名角也多，本地献艺，也应邀到外地去巡演。当然，外地剧团也常应召而来，这里有如此众多的戏迷，哪一次不是满载而归！只是功夫要好，稍有失误，喝起倒彩来也会让台上人心惊肉跳。

各个剧种都有自己的领军人物，这些大腕名角，又都有痴迷的追捧者，不但买票去剧院观摩，还会私下里一招一式、一字一腔地研习，自矜为票友。同尊一个剧种或某个名角的票友，便组合成票社，把业余生活过得有声有色。

古城的票社有多少？不知道。票社是时聚时散的民间组织，又无须去民政局登记，不过是一群玩伴罢了。但此中人数多、声势大，常得到名角亲临指点演技的票社，人们还是耳熟能详的，比如风云票社。

风云票社聚集的是一群京剧票友，追捧的是京剧团的谭派老生宫商羽。只要有宫商羽的戏码，票友们就会互相吆喝着买票进场，然后是一个“好”接一个“好”地叫得声嘶力竭，宫商羽不管如何都会打起精神来唱、做、念、打，直到剧终。因此，有人讥讽风云票社是疯子票社。社长雷宏生听了哈哈大笑，说：“唱戏的是疯子，看戏的也是疯子，这才相配。”

雷宏生是个码头工人，自小就爱看京剧，尤爱看谭派戏。宫商羽的爹是谭派名老生，雷宏生觉得宫商羽有很多地方胜过了他爹，比如《四郎探母》中“出关”一折，饰杨四郎唱“泪汪汪，哭出了雁门关”，他爹唱时拉一长腔，宫商羽改唱成急促的短腔。有人问：“雷爷，好在哪里？”雷宏生说：“此时此刻四郎探母心切，行色匆匆，唱长腔就显得悠闲，不合情理。”“雷爷，佩服，你是真懂戏！”

岁月如梭，雷宏生年届古稀了。宫商羽从十八岁唱红，已是花甲之人，该退休了，便向剧团领导递交了退休申请报告。雷宏生听说后，立马领着几个人去拜访宫商羽，苦苦劝阻。

“宫老板，你功夫扎实，还可以唱个十年八年的，你不能冷了戏迷的心。”

“雷爷，我感谢各位多年来的呵护。我自感年岁不饶人，嗓子有时就吃力，只是你们看不出。《四郎探母》中‘坐宫’一折，我唱‘叫小番’的嘎调要翻上去就不容易了，心里犯怯。”

“宫老板，你放心唱，我们在台下观场哩，武捧和文捧都不弱。我想，剧团领导也不会让你退休，那会影响票房收入的！”

宫商羽长长地叹了一口气。

初夏时节，古城忽然沸腾起来。

从北京和沈阳，邀请来两个京剧团，加上本地的这个京剧团，在雨湖大剧院轮番演出谭派老生戏。北京、沈阳的谭派老生，为岳云岱和马行空，都只五十岁上下，中央电视台的“空中舞台”多次现场直播他们演出的《失空斩》《李陵碑》《打渔杀家》等剧目。论辈分，宫商羽是师兄，出名比他们早。三个老生聚在一块，就有点打擂的味道。而且采用了一个新办法，先由三方拟定谭派名剧的戏码，各书于小纸条上，捏成小团子，摸到什么戏码就演出什么戏码。

宫商羽摸到的纸团子上，写的是《四郎探母》，而且是第一场演出。

雷宏生欣喜欲狂。《四郎探母》宫商羽几年不唱了，他们要好好过一回戏瘾！对于捧角，雷宏生胸有成竹。其一是动员本社成员多买票，要分坐几个区域的位子，每个区域集中坐十几二十个人；其二是在什么关键处叫“好”，不是瞎叫乱喊，声音要齐整要有韵味，这叫武捧。雷宏生看熟了宫商羽的戏，知道何处会出彩，但他特意交代，“叫小番”嘎调往上翻时，在“小”字出口时就要齐声喊“好”，声音要洪亮，要连续不断。至于文捧，票社中有多个笔杆子，商老板演出前一天，先写文章发到微信群，介绍他的粉墨春秋，有什么绝活，得过什么奖，还要配上照片；当晚演出结束，马上写观后感的文章和诗词发微信群，趁热打铁，让舆论先声夺人。

雷宏生特意打电话给宫商羽：“宫老板，你就铆足劲登台吧，湘楚城的戏迷们会为你摇旗呐喊，你尽可放心！”

这一晚的《四郎探母》，果然光彩照人。主角宫商羽如明月当空，光华四射；配角表现不俗，如群星拱月，相映生辉。风云票社的票友们，分坐于各个区域，叫好声此起彼伏，如波涛相逐，惊天动地。

当饰杨四郎的宫商羽在“坐宫”一折中唱道：“一见公主盗令箭，不由本宫喜心间。扭转头来叫小番……”在“小”字刚出口时，坐在正中头排的雷宏生便放开喉咙大喊一声“好——哇唔！”这是他与大家预约的信号，于是，剧院各个区域也跟着叫起好来。原来“小”字后的“番”字，要笔直地喷射上去升至高位，称之为立音，但在一片叫好声中，谁还听得出来？更何况雷宏生的叫好，是最正宗的，“好”字带腔儿，字头、字腹、字尾一处都不缺，“好——哇唔”，提的是一口丹田气，韵味足，懂行的观众又为他的叫好而叫好，这场面真是八面威风！

第二晚和第三晚的戏码，是北京和沈阳的两位老生，分别主演《失空斩》和《李陵碑》，到底是名角，都各有高招，让戏迷们得到了最大的愉悦。

第二轮演出时，宫商羽忽然病了，由他的学生、三十岁的谭派老生毕敬宫替代他出演《定军山》中的黄忠。雷宏生有些遗憾，但带领风云票社的老少爷们儿，视同宫商羽登台献艺，武捧和文捧照样做得严丝合缝，毕敬宫到底是出自名师门下，扮相俊雅，唱、念、做、打，颇有乃师风范，是个有出息的角儿。

为期一个月的谭派戏集中展演，在戏迷的狂欢声中落下了帷幕。

宫商羽写了一封致谢信，发在风云票社的微信群里。他说：“第一晚演《四郎探母》，唱“叫小番”的那个“番”字，其实没有唱上去，是年纪大了嗓子不争气。你们用叫好声为我遮掩过去，旁人不知，我却有自知之明。故向剧团领导力荐小毕代替我出演黄忠及以后的戏码，他应该做到了不负众望。谢谢诸位多年来对我的抬爱！我已下定决心退休，但仍会去做培养青年演员和普及京剧的工作。我相信今后，你们会满怀爱心地呵护毕敬宫这一辈青年演员！”

雷宏生读了信后，满眼含泪，禁不住大喊了一声：“好——哇唔！”

家国图

今夜，秋风飒飒，月轮很圆，月光好像是被风吹进窗口的，撒下一地凉凉的银白。

满头华发的刘岳江，和两鬓微霜的妻子张晓岚，并排坐在床头，痴痴地望着对面墙上挂着的一幅“家国图”。

他们终于可以安安心心地回老家了。

老家在湘西吉首乡下的天风镇。

他们在这座湘中的工业重镇株洲，一待就是十五年。

老家的房子由一个远方侄儿看管，经常会去打扫、通风，随时等待主人归来。儿子儿媳为他们置办了崭新的被子、床单、毯子和四季衣物，都已快递到家。随身带的行李也早料理清楚。到明天上午出发前，再把这幅“家国图”取下来，折叠好，放进行李箱就诸事齐备了。

妻子忍不住说：“‘家国图’一眨眼挂了十五年。我们来时，孙子正好三岁，要上幼儿园了。”

刘岳江点点头，说："那年，你五十五岁，我六十岁，正好退休。儿媳来电话，说她辞退了保姆，麻烦我们去帮忙一阵，我们就来了。"

"在天风镇的天风中学，你教地理，我教数学，还有点名气，领导想延聘我们再干几年，可带孙子也是大事啊。这'一阵'，就是十五年。"

"我教了一辈子地理，哪个地方的历史沿革、山形水势、物产气候我不烂熟于心？但去过的地方少，大多是从书本和图册中读来的。读万卷书我做到了，行万里路却差之甚远，没时间也没有经济实力。我们一直教的是高三毕业班的课，连寒假、暑假都要为学生补课。"说罢，刘岳江叹了一口气。

张晓岚也跟着叹了一口气，说："儿子出生后，你从古诗'行行复行行'中撷出两个字，叫他刘行行。想不到他倒是出行不止，大学毕业招聘到株洲的光明数控机床厂，搞的是售前调试和售后服务，隔三岔五地出差。我们来了，才体会到年轻人的不容易。"

"儿媳也是，在旅游局属下的国内文化和旅游部做事，经常要去探访、考察国内的各条旅游线路，留下我们陪伴孙子。孙子上幼儿园时，常常做梦都哭喊要爸爸妈妈。其实我们也挂念儿子儿媳，古语说：儿行千里母担忧。我也是。"

"于是，你买来二米乘二米的高档牛皮纸，用毛笔蘸红颜料画出一幅中国地图的外轮廓，再用浅灰线勾勒出各省的位置。然后，在湖南省的西端用绿色写下'吉首'二字。再用蓝色在湖南省中部写出‘株洲’二字。你说我是教数学的，画线画圆都可以不用尺和圆规，先让我画一条从吉首到株洲的紫线条，表示我们从老家来到了新家。”

“乡愁是同等的，你不能缺席。”

“以后呢，待孙子睡了，往往是十点后我们就‘上班’了。出差了的儿子或儿媳，有时他们都双双在外，这时候会有电话来，说他们到什么地方了，我们就用红铅笔画线标出儿子从株洲到了某地，然后再去了某地，儿媳则用绿线。”

“如果他们时间充裕，我就在电话里介绍这个地方有什么奇山异水、名胜古迹、经济开发区、新城区，得闲时可以去看一看。”

“你说，这可以让人生发一种实实在在的家国情怀，所以这个地图叫‘家国图’，当然，也寄托了我们对后辈的关爱与牵挂，还让我们沉浸在本职工作的氛围里，快活得很哩。”

“对，记得吗？孙子读初中时，有一夜，他在梦中醒来，蹑手蹑脚来到门外，听我和他妈妈讲新疆的葡萄沟、魔鬼城、火焰山、坎儿井。谁知第二天上午的地理考试竟有相关的题目，他全答对了。当时，我们并不知道这回事，是第二天中午吃饭时孙子说的。”

两个人都忍不住笑起来，是拼命压住声音地笑，很开心。

“‘家国图’是第几张了？晓岚。”

“对数字我不会记错，基本上是两年一张，以前的七张你都寄回老家了，由侄儿代收再锁进你书房的一个箱子里。这是第八张，今年元旦启用的，儿子的红线，儿媳的绿线，只有寥寥可数的几条。儿子如今是总工程师，主要精力放在厂里抓全面的技术工作，儿媳当上了旅游局的工会主席，也不用经常出差了。图上属于我们的紫线，依旧标着从吉首到株洲，只是又新添了一条从株洲回溯吉首的紫线。但孙子考上了北京的清华大学，你让我画了一条由株洲到北京的金线。”

“孙子毕业后，会到哪里去打拼，那么这条金线就会牵到哪里。可惜我们年纪大了……但我们可以珍惜有限的时日，‘行行复行行’，去好好地看看祖国的锦绣河山，让那条紫线标示在图上。”

“我也是这么想的。知我者，岳江兄也。”

“睡吧，睡吧，早过子夜了。”

“好的，好的……”

老两口回到了湘西吉首天风镇的老家。

走的时候，儿子儿媳恳请他们不要带走墙上的“家国图”。

回到老家的他们，在探亲访友畅叙别情之后，开始了有计划的旅游。

第一次出门远游，去的是云南昆明，登大观楼，访石林，去西山谒拜国歌作曲者聂耳之墓。晚上，在下榻的宾馆，刘岳江打手机向儿子报平安，还说了许多感受。不一会，张晓岚的手机上出现了视屏，是儿媳发来的：“家国图”上，她画了一条从吉首连向昆明的紫线。

“老头子，他们在牵挂我们哩！”

“他们要留下‘家国图’时，我就知道了。紫线他们还会画下去的，我相信。”

风吹柳花满城香

暮春时节。

年过半百的柳染新，听了丈夫杨直随意说的几句话，又伤感又愤懑。她猛地打开客厅的窗户，随风飘飞的白色柳絮，便有几缕落到她的衣上。

杨直说："快关窗，快关窗，弄脏了你的衣哩！"

"你的下一句话是：还弄脏了我家的客厅哩。"

杨直知道妻子的火气上来了，赶快溜到书房里去。虽然孩子在外地上大学，他也不想闹得家里不安宁。

柳染新呆呆地站在窗前，看柳絮轻盈地飘呀飘，很美。她想起了李白的一句诗"风吹柳花满店香"，眼下的潭州城，主要的景观树是柳树，应该是"风吹柳花满城香"。古人又把"满城飞絮"和"梅子黄时雨"，看作是两道可堪比肩的风景，会让人生出许多美丽的联想。

她轻声自语："这个杨直，现在成一个俗人了。"

先前，他们都是园林管理处的技术员。大学读的专业是园林设计，主攻的是花木栽培，招聘到这个单位后，不但谦和还有真本领，于是双双转正。他们不但专意于本职工作，业余还喜欢读书，对有关花木的诗词尤为珍爱。这些熟读的诗词，曾让他们在一次业务的论争中大出风头，并拔得头筹。

二十年前，城市绿化办公室召开一次有各方人士参加的讨论会，以确定本市的主要街道和风景地，除花草之外，应该栽种什么树为主。杨直和柳染新，也应邀参加。会上，发言很踊跃，要栽什么树的都有：法国梧桐、杉树、芭蕉、玉兰树、橘树、樟树……各有各的说道。

杨直站起来说："我主张栽柳树，耐旱耐涝抗污染，易种易活成长快，绿的时间长，树冠浓密，成本便宜。下面让我的内人柳染新细说。"

大家笑起来。有人说："这又是个爱柳的角色，名字都来自写柳的古诗句'年年长似染来新'。"

柳染新大声说："对，我爹就喜欢柳树，所以就给我起了这个名字。"

接着柳染新话语滔滔，说潭州是座古城，应配上一种内涵深厚古典文化传统的树，那就是柳树。接着，她讲《诗经》中的"昔我往矣，杨柳依依"，讲灞桥折柳送别，讲"月上柳梢头，人约黄昏后"，讲左宗棠驻节大西北倡导"新栽杨柳三千里，引得春风渡玉关"……然后，她深情地说："柳树可以满足人们多种审美情感的需求，让生活变得有声有色有品位，不知在座的各位雅意如何？”

掌声经久不息。

那次开会后，绿化办要调他们夫妇去，柳染新说她愿意待在这个下属单位，杨直则乐意这种升迁。如今杨直已是绿化办的主任了，正处级。

古城年年春风柳绿，只是到了阳历的三四月间，柳絮飞落到地上，显得有点脏。

刚才，杨直告诉妻子：“新来的市长，收到一位环卫工人的信，说柳絮太多，又人手不够，打扫起来费力，建议砍掉另选树种。市长责成我们绿化办拿出具体的方案。”

“你的意见呢？”

“我琢磨市长的想法是重选树种，如今我们市正申请生态卫生城市的金牌牌哩。”

“那是你在揣测领导的意图！广大市民，包括环卫工人，都是这么想的吗？”

“有这个可能。”

“砍掉了柳树，古城就少了一分古典情怀。重换树种，又要花一笔大钱。我要写文章发到微信公众号上去，让大家来讨论柳树是砍还是留，柳絮的问题如何解决。”

杨直说：“别……别，领导知道你是我的内人，还以为是我指使你写的。”

“这与你无关。我如今是高级技师，是专家，不能不发声。”

其实这些年来，柳染新一直在想怎么破解柳絮太多的问题。给柳树雌株“打针”（用钻头在树干上钻眼），灌入可抑制多生柳花（柳絮）的激素，但成本高，每棵树要花三十元。也试用过“换头”法：把雌株上半截锯掉，嫁接雄柳枝条，让雌株改变性别不生柳花，但那只适用于矮树，没法大规模推行……她曾把她的苦恼，告诉在大学教古典哲学的父亲，父亲听后哈哈一笑，说：“落花不是无情物，化作春泥更护花。柳絮从古飘飞到今，碍君何事？”她立马懂了，也笑了。

几天后，柳染新写了篇文章，题目是《柳絮何罪，莫议砍树；清洁城市，请献妙策》，发到公众网上，立刻引起轩然大波。绝大多数人都不同意砍掉柳树，潭州城被誉之为柳城，岂不是徒有虚名。有文化的人，则旁征博引称柳絮飘飞是一个好景致，欧阳修说“飞絮濛濛。垂柳阑干尽日风”；苏东坡说“枝上柳绵吹又少，天涯何处无芳草”。对于清扫柳絮，也有主动请缨的：团市委各基层单位都有志愿者协会，柳絮飞飘时，他们保证按时去协助清扫；环卫局也许诺在这段日子，聘任临时工上岗，解决劳力紧张的困境。

脸阴了好些天的杨直，忽然云开日出，笑得合不拢嘴。这天下班后，他主动为柳染新打了一盆洗脸水，然后说：“市长亲自打电话给我，说这场市民自发性的讨论很有意义，柳树还是不要砍掉为好。”

柳染新放声大笑，笑得弯腰摁住了肚子。

杨直说："你的意愿实现了，想不笑都难。"

"不，我是笑你，不需要悬心吊胆地过日子了！"

杨直脸蓦地红了，喃喃地说："过几天，你要去广州出差了，我会折柳以赠，好不好？"

"好。我真的很高兴。"

夜幕下的超市

零零散散的雪花，飘一阵，停一阵。黄昏很短促，不到六点钟，夜幕就慌忙落下来了。

二十八岁的何殷殷，穿着猩红色的长呢大衣，从容地走上“红星超市”的台阶。她知道新结识不久的男朋友向高远，会提早几分钟候在门边，于是嘴角泛起几缕笑意。

一个多月前，她和他在团市委组织的相亲会上蓦然相逢，彼此都有好感，又一起看过几次电影和歌剧，虽没明确表态，在心里都认可了这件事。她在一家国有企业的计划室工作，虽然是高中毕业，却在业余把“电大”的大专读完了；人自然长得漂亮，细眉杏眼，个子高挑；业务熟，做事又细致又能干，很得领导欣赏。他的父母是大学历史系的教授，自己则供职于一家出版社的文史编辑室，是历史系的硕士毕业生，举止、谈吐文文静静，虽和她同年，却显得有点儿“迂”气。

何殷殷喜欢这种“迂”气。

这是何殷殷第三次邀约男朋友逛超市了。

向高远曾笑着问："你喜欢逛超市？"

"喜欢。人不能时时风花雪月，生活的常态是庸常是琐碎。"

"是……这个理。"

何殷殷的住处离超市不远，是她用房贷购下的两室一厅一厨一卫。她的父母都是工人，购房的预付金用的是她历年的积蓄。她邀约向高远逛超市，都选在下午的下班后。这时候超市人头攒动，多是成双成对的，男的推着购物车，女的一边选物一边和男的商量，很温馨也很美丽。

第一次是向高远推车，何殷殷在前面引路，一排一排货架慢慢看过去。

"高远，龙牌酱油和凤牌酱油，你看哪个牌子好？"

"都好。"

"你喜欢生猪脚回去烧了吃，还是买现成的卤猪脚？"

"都行。"

于是，何殷殷什么也不问了，选好了东西就往车上放。

第二次逛超市，何殷殷主动推车，让向高远在前面选物。向高远见什么拿什么，一会儿就堆满了一车。

"高远，你是想把整个超市都搬回去吗？"

"吃什么我都无所谓，这样可以节省时间，钱，由我来付。"

何殷殷刚走到门前，穿蓝色羽绒大衣的向高远从门里闪出来，满脸是笑，说：“早看见你走在灯光下的一袭猩红，如一树红梅，‘只把春来报’。”

“你又早到了，呆呆地站着？”

“我在看手机上作者发来的书稿，看一会，再透过玻璃门看你来了没有。”

“谢谢。”

他们走进超市去。何殷殷在大门一侧，推出一辆购物车，说：“今天要买好几种肉食、调料、佐料，还有米、油、盐。我要下厨做几道可口的湘菜：熘猪肝、红烧鸭、富菜炒香干、莲子羹、油烹豆芽。你可以一边看手机读书稿，一边跟着我走就行。”

“遵命！”

向高远连忙掏出手机，一边走一边看起来。看到得意处，忍不住说：“好好好！”

何殷殷一边选物、取物，一边问：“都好吗？”

“是真的好。”

何殷殷一转脸，见向高远的目光停留在手机上，忍不住轻轻地叹了一口气。

一个货架一个货架地转，不知不觉一个小时过去了。

何殷殷忽然回过头去，向高远人影不见。这个迂夫子，只顾看手机，不知道他转到哪里去了。

正在这时，何殷殷的手机响了，是向高远打来的。

“殷殷，你在哪里？”

“我在超市里。”

“哪个位置？我去找你。”

“别找，里面人太多了。你在大门边等着我吧。”

“好的。”

在此一刻，何殷殷意识到这是个兆头，他们只能分手，因为他们不是一个层面的人。她的最美愿景，是有一个心性相投的人终身相伴，上班之外一起心安理得地过一种凡俗的充满烟火气的日子。而向高远有更高远的追求，终日埋头于他眷恋的领域，可以成为一个出类拔萃的人物。

夜幕下的超市啊！

老人和狗

在窄巷子里，老黄的名气很大。

老黄不是人，是一条黄毛土狗，而且年龄不小了。

处在城中的窄巷子，巷道宽不足三尺，住着二十来户人家，大家都恪守不成文的规矩：不养狗。狗爱无端地吠叫，喜欢乱拉屎尿，还怕它咬了不懂事的细伢嫩崽。但住在巷子中段的舒宽生家的这条狗，是邻居特意送给他养的，一养就养了十年。

舒宽生八十岁了，白须白眉，个子不高也不胖，腰板挺直，走路从从容容，一脸的祥和之气。人们都说，这是“仁者寿”的样式。

退休前，他是一家国营大厂的修配钳工，手上有好功夫。曾在全市的技术大赛中，有一个用锉刀将一块方钢锉成十二个等边形配件的项目，不能借助任何量具，更不能在上面刻线下锉。人家是瞪着大眼锉，他却是蒙上双眼锉，不但丝毫不差，而且速度快，成为金榜题名的“状元”。电视台邀请他去现场献技并作直播，他哈哈一笑，婉言辞谢，说：“这是小技，不足挂齿。真正干活哪有蒙上眼的？不过是逗大家一乐罢了。”

当他六十岁退休，远离工厂的钢鸣铁响，忽觉心里空、手上痒，便在家里设置钳工桌和各种工具，为邻居们修自行车、配钥匙、修电器。但他有言在先，不管是配零件还是不配零件，一律不收费，硬要付钱的，另请高明！

“舒老，你花时间出技术不收费，配件都白送，这让我们过意不去啊。”

“是我要感谢你们，送活儿来让我解闷。我和老妻无儿无女，退休工资都用不完，留着做什么，只是个数字而已。为各位亮一亮小技，你们高兴，我也高兴。”

巷子里的人家，因一些鸡毛蒜皮的小事发生争吵，或夫妇之间得理不饶人非要弄出个高低，马上有人压低声音说：“舒老听见了看见了会怎么想？他总为大家上心，那个样式值得我们效仿。”

当事人马上偃旗息鼓，一脸的难为情。

十年前，舒宽生的同龄老妻，也曾是同厂的一个车工，因病辞世而去。邻居们为形单影只的舒宽生操起心来，想为他介绍个老伴，他摇头，说：“我不想这个事。”

一位邻居想出一个好法子，从乡下亲戚家抱来一条半大的黄毛狗，送到舒家来。黄狗一见舒宽生，欢叫了一声，跑过去蹭他的裤脚，亲热得很。

舒宽生对黄狗说："你前世就认识我？巷子里是不能养狗的，你知道吗？"

黄狗低下了头，很难过的样子，用牙齿咬住了舒宽生的裤脚。

"舒老，我问了大家，都同意你家养条狗，给你搭个伴哩。"

舒宽生感激地点点头，然后对黄狗说："既然我们有缘，我是老舒，就叫你老黄吧，不过你可要听从我的调教。"

黄狗轻轻地叫了三声。

舒宽生在很长一段日子里，不许老黄跟他出门，让它规规矩矩待在自家。上午他在家干钳工活，老黄就静静地蹲在旁边，不吵也不闹。老黄要拉屎尿了，会老老实实去卫生间。下午呢，舒宽生在家摆好麻将桌，沏好茶，等几个老辈子来打牌。老黄和舒宽生一起站在院门边迎接客人。老黄不叫也不喊，见了来人只是摇尾巴，很逗人喜欢。

"舒老，老黄被你驯得这样好，了不起！"

"狗通人性，真是一点不假。"

更奇绝的是，舒宽生在院门的下端安了一个木栓，木栓的一头安了个皮套子，他的卧室门也依此例。院外有人敲门了，老黄抢先蹿到门后，咬住皮套，横着扯动木栓，再把门拉开。这时候，舒宽生正好走过来，打个拱手，说："老黄开门，我来接驾，请！"

他们打麻将，也有点小赌注，这是允许的，放一"炮"五毛钱，即便是"小七对""一条龙""杠上花""清一色"，也是如此，无非图个快乐。谁的手气再差，一下午也输不了十块钱。

舒宽生往往是先赢几局，尔后就是“老战老败”，脸上总是堆满了笑。黄昏时，牌局结束，其他三个人说：“舒老，你不能老是输啊，得提高一下牌技。”

舒宽生拍拍脑袋，说：“下次我争取赢吧。不过，你们来陪我打牌，我原本就是赢家，赢了许多快乐，这很值。”

日月轮转，舒宽生年届八旬了。

一个初秋的深夜，西风飒飒。巷道里传来老黄的叫声，又粗又急，还用身子去撞一家一家的院门。

有几个老辈子立马惊醒了，老黄从不单独出门，更不会这样乱喊乱叫，莫不是舒家出什么事了？于是，他们赶快穿衣出门，跟着老黄去了舒家。

原来舒家的院门是老黄拉开的。老黄平素睡在舒宽生卧室床前的踏脚板上，房门也是它拉开的。

大家赶快走进卧室，床上的舒宽生双眼紧闭，嘴边浮着唾沫泡子，呼吸很微弱。

“赶快喊人抬着舒老去巷口！赶快打电话让医院来救护车！”

救护车很快就来了，有几个中年人陪着上了车。老黄也蹿了上去，赶也赶不下来。

十天后，舒宽生出院了。是突发心肌梗死，幸而抢救及时，他安然度过一劫。

老黄居然知道主人出了险情，居然知道出门去求助，真是神了。

舒宽生在一个星期天的上午，第一次领着老黄，从巷头到巷尾一家一家地去拜访，表示由衷的谢意。老黄兴奋地摇着尾巴，紧紧地跟着舒宽生。当舒宽生进门去了，它就乖乖地蹲在门外，安安静静地等候。

巷尾的一家，是一对中年夫妇，因单位经营不善，都下岗了；独生子考上了北京的一所大学，通知书早来了，即将动身进京。舒宽生进屋后，打一拱手，说："我住院后，谢谢你们来看望，我送一个慰问红包，祝贺孩子品学兼优，考上了名牌大学。"说完，从口袋里掏出两个红包，先递上一个，解释说："这是住院时邻居们送的红包钱，归在一起，共两千四百元，我再代表他们转送给孩子，请收下。"接着他又递上另一个鼓鼓的红包，说："这是我的一点心意，五千元。往后有什么困难，言语一声，大家会来帮忙。不打扰了，告辞。"

舒宽生走出院门，老黄马上站起来，一个劲儿地蹭着他的裤脚。

"老黄，我们回家去。还有邻居送来的一把牛鼻子锁，要配一把钥匙哩。"

"汪汪汪——"

舒宽生把一个手指放在嘴巴前，"嘘"了一声，说："安静。"

芝麻老烧饼

天才麻麻亮，年过半百的吴倡诚被微信的“叮咚”声吵醒了。

身边的妻子睡得沉沉实实，嘴角还漂着笑，正做着什么好梦。店子关门好几天了，是市里防疫抗疫领导小组发了通告，在新冠疫情暴发期间，餐饮店一律停业。妻子说：“自从嫁到吴家，就从没睡过懒觉，现在不想歇憩也要歇憩了。”吴倡诚鼻子哼了一声，妻子赶快闭嘴。他心里急得蹿火，不是怕少了收入，吴家不在乎这几个钱，是想起城里多少人就好这一口，会馋得慌。

吴倡诚打开手机一看，居然是咸甜甜来的微信：“吴伯伯，我想吃你做的芝麻老烧饼了。这些天有点累，吃什么都没口味。咸甜甜。”

二十五岁的咸甜甜是儿子的女朋友，在市里一家小医院传染科当护士，人长得漂亮，说一口吴侬软语。吴倡诚夫妇很喜欢她，巴不得他们赶快结婚。听儿子说，咸甜甜主动报名，去了本地一家集中隔离救治患者的大医院。

“你想吃，我让吴奋飞给你做，像平日一样，你吃的烧饼里刷的是甜肉酱，带点儿咸。”

“我的同事们都想吃哩。”

“这不难，我们全家都动手，一天可做一两千个。可怎么送进医院来？你那地方管得严。”

“我跟院长请示了，他说医生、护士都因工作时间长，精神紧张，食欲不振，也希望换换口味。院长会开出特别通行证，烧饼可直接送到食堂。”

“好，午前先做一些送过来。”

“谢谢爸爸。”

吴倡诚是第一次听到咸甜甜叫“爸爸”，不由得使劲摇醒了妻子，大声说：“儿媳妇想吃吴家的烧饼了，赶快起来，和面去！”说完，急忙去了儿子的卧室，把门“咚咚咚”擂开，对开了门又缩到床上去的儿子说：“对这件事你好像不感兴趣，你们闹矛盾了？”再看儿子的眼睛里满是红红的血丝，脸色也有些泛青，肯定没怎么睡好。于是坐到床沿上，逼着儿子讲出缘由。

“她说要去那儿，我不同意。”

“我的儿，你觉悟比她还低，丢人！”

“她的科室有个医生一直追求她，见她报名了也立马报名跟着去了。”

“小肚鸡肠，不是大丈夫的气派，这是救人救命的大场合，假若咸甜甜还想着卿卿我我的事，你还留恋什么，散了就散了。

问题是人家还记得你，还记着我家的烧饼。”

“她没给我发微信。”

“但给我发了，是要我来开导你，她知道你是一根筋咬到底的角色。她都叫我‘爸爸’了，你还不明白吗？”

“真的？”

“不是‘蒸’的还是‘煮’的？蠢东西。你娘都进伙房了，赶快起来。”

“遵命！”

在古城湘潭没人不知道“吴大郎老烧饼店”，真正是家百年老店。一九五五年公私合营后不叫这个名字了，到二十世纪八十年代中期，改革开放方兴未艾，在吴倡诚的手上再重打锣鼓重开张。这个店名有意思，让人联想到《水浒传》中卖烧饼的武大郎。武大郎卖的是什么烧饼？不知道。但当下“吴大郎老烧饼店”的烧饼，却声名远播。每个烧饼直径四寸二，切开断面有十二层，芝麻敷于外，每层都刷上特制的甜肉酱或咸辣肉酱，然后用电烤箱（以前是用陶瓮做的炭火灶烤）烤出。别家的烧饼只有三四层，十二层是吴家独有。每层很薄，且层次多，关键在“摔”面团，称作“摔扇门”。一袋面粉五十斤，需净水二十六斤，和好面，再分别切成两斤一团的面团，每团面做五个烧饼，四两一个，都无须过秤，手性是练出来的。吴倡诚外号叫“快手吴”，做一个烧饼不要二十秒钟，一个人一天可做一千多个烧饼。

要做出层次十二层的烧饼，吴倡诚有好手艺，先把四两重的面团擀成一个扇面，一边宽一边窄，四周薄中间厚，左手抓面片在空中使劲抡一圈，再叭的一声摔到案子上。这一摔，长度被拉到一米多，面筋也得到改善。再刷肉酱，卷的时候要边抻边卷，层次就出来了。然后是把两头的断面对在一块儿掐圆，使层次平缓分明，切开一看，像书页。烤好的烧饼，又酥又软又香，再配上一碗店里熬制的鸭架汤，美不胜言。烧饼每个八元，鸭架汤免费。

吴奋飞读的是商业中专技校的点心专业，然后回家来子承父业。虽有家传，到底历练的时间不长，被父亲呵责是家常便饭。他说："爹，何必要十二层，费力啊，有个七八层就够了。"吴倡诚狠狠地说："一层都不能少，要不还能叫'吴大郎烧饼店'吗？"

父子俩走进伙房，吴夫人早已穿戴整齐，白围腰、白帽子、白袖套，戴着白口罩，正在和面。空调的喷热气的声音，嘶嘶地响。

"奋飞，你做甜肉酱，我做咸辣肉酱，毕竟湖南人多。"

"好的。"

"你做的选出四个，在饼面用芝麻粘出'咸甜甜'的名字，是专给她的。"

"这不好吧。"

"我想好了，烧饼都赠送，吴家也为第一线的医务人员尽点心意！给儿媳妇留几个烧饼，合情合理。"

吴奋飞大声说："我爹是个明白人！"

到了十一点钟，做好的烧饼一层层放进大型电烤箱。十分钟后就出箱了，每个塑料袋装两个，再码进两个有盖的手提大食盒里。

“奋飞，开家里的小车去。先到传达室，请门卫打电话，让人送特别通行证出来。”

“知道。”

“我们等你回家吃中饭。”

“好嘞——”

直到下午两点钟，吴奋飞才回到家里。

吴倡诚问是怎么回事。

“光有烧饼，没有鸭架汤怎么行。我指导他们如何剁碎鸭架，如何配佐料、调料，如何掌握火候，熬出了一大锅汤。明天，他们就知道怎么做了。”

“儿呀，你想得很周到。你可见到了咸甜甜？”

“怎么见得到？她在里面的隔离区。听说那栋大楼的一楼大厅有个会客室，中间是一道密封的玻璃墙，不相干的人到不了那个地方。”

“只要咸甜甜知道你去了就行。”

“我用手机发了微信给她。”

“她回复了吗？”

“没有，也许正在忙。”

“儿子，你该饿了，我们吃饭吧。”

一眨眼，几天过去了。

这天中午，吴倡诚夫妇正等着儿子回来吃饭，他们的手机“叮咚，叮咚”一齐响了。

一看，是儿子转发过来的微信照片。

院长特地陪同穿着防护服、戴了口罩和玻璃眼镜的奋飞，去了隔离区的会客室，玻璃墙那一边站着全副装备的咸甜甜，他们的脸贴着玻璃墙，亲热得很。照片是院长用手机抢拍的，然后再发到群里，儿子又转发给父母。

吴夫人说：“这让多少人看见了？当着人亲嘴，一点都不怯场。”

“老婆子呀，你春心不老，想到哪里去了？他们多日不见，可惜戴着口罩、眼镜，又想看清各自的面容，就忍不住往前慢慢移步，不想把脸凑到玻璃墙上了。这一见，胜过多少花朝月夕、山盟海誓！”

天上掉下个美人瓶

初夏。上午十点钟。

天上鬼使神差掉下个美人瓶，砸在二幢楼外玻璃阳光屋的平面屋顶上。先是“咚”地一声巨响，随即传来瓶子破成几片的声音，如鸣钟磬；接着是屋顶玻璃裂开的声音，细细碎碎，清亮而绵长。

这个住宅区名叫“和天下”，错落地立着十幢十八层的住宅楼。每层的每家都有宽敞的阳台，只一楼没有，但统一建起规格相同的玻璃阳光屋，一家一间，十平方米，作休憩用，春可听雨，冬可看雪。费用当然是自掏，每间需两万元，光平面屋顶的几块儿一厘米厚的玻璃就要四千多元。

这间玻璃阳光屋是刘美娟家的。

初夏的阳光并不耀眼，还带点儿凉意。刘美娟是瓷厂的画工，专给瓷器画画，退休了，成了一个越剧票友，嗓子好，人也长得齐楚，专攻小生。丈夫老马上街买菜去了，她坐在玻璃阳光屋里，一边喝茶一边晒太阳。茶喝淡了，便起身去家里换茶叶，哼着《红楼梦》剧中贾宝玉的一段戏文：“天上掉下个林妹妹”。“妹”字正要好好地拖出美音来，身后的屋顶落下东西了，她惊叫了一声，白瓷杯从手上猛地滑落，掉到瓷砖地上，乒乒乓乓碎成了几块。

刘美娟在惊悸之后，马上明白了是怎么回事，立刻转身蹿出来，站在玻璃阳光屋旁边，仰起头看。掉下是一个尺把高的美人瓶，细颈、削肩、玲珑身，碎成了八九块儿，屋顶的几块玻璃出现了长长短短的裂缝。这种美人瓶她见过多少也画过多少，美得让她心疼，如今却香消玉殒，可叹。她朝上面大声喊道：“谁往下扔东西了？砸坏了屋顶，给我赔！”她喊了几遍，又骂了几遍，没有人作声，所有的阳台都静若无人。

老马挎着菜篮子回来了，对妻子说：“叫什么，人家会承认吗？我去物业办公室查看监控。你歇歇，别累了。上面丢什么水果皮、纸屑子，不是一次两次了，非得讨个说法不可！”

老马放下菜篮子，去了物业办公室。

刘美娟莫名其妙地哭了起来。

临近中午，老马才没精打采地回到家中。

“是几楼哪家丢的？”刘美娟问。

“监控摄像头的高度与二楼相齐，只看见一道白光从二楼以上的地方垂直落下来。”

“你不是白走了一趟？”

老马大声说："谁说白走一趟了？这个单元共三十六户人家，除一楼二楼外，我要把其余三十二户人家都告上法庭！侵权责任法第 87 条规定，从建筑物中抛掷物品或者从建筑物上坠落的物品造成他人损害，难以确定具体侵权人的，除能够证明自己不是侵权人的外，由可能加害的建筑物使用人给予补偿。"

"好。这对大家也是一种警诫。"

"可物业管理办公室的利善和主任是个老好人，劝我先别这样，要想办法尽量缩小疑似侵权人的范围，邻里之间最好不要对簿公堂，'和天下'要以和为贵。他说住宅区有个业主微信群，可以开展讨论，迫使真正的侵权人站出来认错和赔偿。下午，他会派人来拍摄现场，然后收集美人瓶的碎片交给我们保管，他们负责在微信群发起讨论和评议。"

刘美娟说："这个利主任，人老并不糊涂，应该有他的妙法。闹得邻里不和，我们也过意不去。"

"和天下"微信群蓦地热闹起来。

由物业办公室权威发布了照片和文字：美人瓶垂直落下（说明并非有意抛掷物品），美人瓶砸裂了玻璃屋顶出现的裂缝（说明屋顶损伤情况属实，但还有完好的两块，理赔不过两千元左右）；美人瓶的碎片全部找齐（应该是个老物件）……还有刘美娟回忆当时受惊吓的短文、老马对高空落物的善意批评。在照片和文字之前，由利主任写了"编者按"，劝说侵权人以大局为重，勇于站出来，让非侵权人不致受到连累。

跟帖的人很踊跃，对高空抛物的不文明现象严加斥责。

一个星期过去了，侵权人仍然隐匿不出。

微信群中，忽然贴出一位化名“自由落体”的中学物理老师的文章。他说这个美人瓶重量不足 0.25 公斤，根据每秒方 9.8 米的加速度计算，如果是从八楼以上的高度垂直落下，必会砸穿玻璃屋顶，导致屋顶崩塌，但现在只是破裂，瓶子只是碎成九片，说明坠物应在四楼至八楼之间。也就是说侵权人应在这十户人家之中。

九楼至十八楼的所有人家松了一口气，他们碰见老马夫妇，满面春风地打招呼。

接着，又出现了自称“识物新语”者的文章《我看美人瓶》。说他常年工作于外地博物馆，是退休后来和儿子一家做伴的。他到老马家看了美人瓶的碎片，初步认定这是清末出自醴陵的釉下彩珍品，是真正的文物，如果没打碎，价值在二十万元左右；现在虽然碎成了几片，仍可请博物馆的高级技师用金缮法修复，花钱不多，修复后仍可值二三万元……

刘美娟问老马：“真有这么一个行家来了吗？我怎么不知道？”

老马神秘地说：“是利主任邀请他来我家的，你到票友会过戏瘾去了，他来时，你不在。”

又过了一个星期。

老马在微信群发了一条消息，说美人瓶碎片被取走了，是这家的小孙子偷偷寻出家中的老物件，在阳台边玩，失手掉下来的。砸裂的玻璃，已由家长按价赔偿，并表示了歉意。

微信中有人问这个人是谁？老马说：“哈哈……无可奉告。”

金　缮

睦仁巷又长又曲，依序住着二十多户人家，一家一个小院落，是真正的比邻而居。有人将古语“鸡犬之声相闻，老死不相往来”，改成“锅盆之声相闻，朝夕叩门往来”，男女老幼亲如一家，睦仁巷名不虚传。

住在巷子中段的金中和家，人们却很少去叩访。不是金家不欢迎，也不是金家做人有什么不检点的地方，而是他家飘袅的生漆气味让人望而生畏。生漆挥发性强，气味触及皮肤、呼吸道和毛孔，没人不过敏，轻则皮肤奇痒，重则眼睛红肿、嗓子剧痛，俗语叫被生漆“咬”了。只有常年与之打交道的人，才无惊无险。金中和也轻易不去串门，怕衣服上的生漆气味冲撞了别人。

金中和六十有五，人矮瘦，面色黑里透红，终日笑盈盈的。儿子、儿媳也在本地工作，妻子五十五岁退休后，就去了儿子家“发挥余热”，做做家务，带带孙子。临走时，老妻风趣地说：“只能丢下你驻守老营，小辈子都怕这生漆气味，你想他们了，麻烦你驾临。”金中和哈哈大笑，说：“这个行当注定我只能是孤家寡人。”

金中和干的行当叫金缮。

退休前他是市博物馆修理部的技工，专门修补残缺的古瓷器，也就是民间所称的锔碗匠。把破碎的瓷器，用订书针一样的铜锔子“缝合”归原，多用于大型的器物。对于小型的瓶、碗、盏、碟，则要用金缮法。什么是金缮法？即以天然大漆为黏合剂，对破损的陶、瓷碎片进行黏接和补缺，并在接缝上敷以金粉。若是器物缺失了一块，便要打磨出一块形状契合的木胎作为骨架，用生漆黏合上去，再在木胎上涂漆灰、抹底漆、刷面漆，最后还要牢牢地贴上金箔。经过金缮后的古瓷器，别具美感，而且价格不菲。世界各国的博物馆，都很看重金缮这门技艺。

金中和此生金缮了多少件残破的古陶瓷器？他说：“记不清了。”

金缮离不开生漆，黏合时要掺入熟糯米粉的糨糊，还有桐油，以增加黏性。大漆不易干，不能晒，不能吹，只能阴干，还需要空气中有相当的湿度。梅雨季节是金缮的最佳时令，而其他季节，则需要在室内喷出水雾。生漆阴干的时间长，不能急，只能等待；若是要贴金箔，必须选准生漆将干未干时进行，这全靠常年训练出的眼力去判断。金中和金缮的作品，好些次参加全国博物馆的联展。一个深色小碗上黏合碎裂的金线，有如划破暗夜的闪电；浅色圆碟上的金线，宛若阳光下流淌的金色溪流；而一个小杯口补缺的不规则小块儿，酷似摇曳而出的一片金色枫叶……

金中和说：“我不怕生漆，生漆怕我。”

退休前，他专心专意为公家做事，退休后息影林泉，便有不少收藏家找上门来，请他修复残缺的器物。他告诉来人：只修复真东西，不修复赝品、劣品；不能催他交货，时间短的半个月、一个月，时间长的要三个月以上；此外，价钱不会便宜，工期长，且要用真金，但绝不会狮子大开口。尽管这样，他总有接不完的活计，做不完的事。

春三月，乍雨还晴。

星期六午后，金中和仔仔细细洗了个热水澡，换了里里外外的衣服，确定身上没有生漆的气味了，然后出门，去访巷中的吴家和刘家。

这两家原本关系亲密，忽然间憋着一肚子气，谁也不理谁了，就为了一个民国时官窑出产的小花瓶。

吴谨声是大型国有企业的工程师，主业优秀，业余则喜欢搞点收藏。刘子泉是个街办小厂的电工，很喜欢义务为邻里修理出故障的电器。两家各有一个十来岁的男孩子，常在一起玩，亲如兄弟。早几天，老吴的儿子小吴把一个小花瓶偷偷拿出来，给老刘的儿子小刘玩。小刘看来看去，不慎失手，瓶子落地，碎成了十几块。吴谨声心痛，花了两千元淘来的宝贝，就这么没有了，能去找刘子泉索赔吗？不能，那会招人指斥，于是，他把气出在儿子身上，用竹棍子狠打了一顿，惊天动地，一巷子的人都听见了。刘子泉也觉得儿子多事，要解对方的恨，只能把儿子好好地揍一顿。

金中和到了吴家，吴谨声很惊诧，说：“金兄，怎么说来就来了。”

“为一个小花瓶打碎了，让你们多年的友情也打碎了，我心疼。”

“我只是打了自家的儿子。”

“那不是打在老刘的心上吗？他怕对不起你，也打了儿子一顿。这两个孩子会怎么想？”

吴谨言不作声了，在自己胸口擂了一拳。

“瓷片还留着吗？”

“还留着，一片不少。”

“我来金缮一下，让它归于圆满，不，会更有价值。你信吗？”

“信。金兄，多少钱？你说！”

“哈哈，我一文不收。届时，我请你和老刘喝顿酒。你们来了，就是最好的‘工钱’。”

吴谨言说：“我糊涂啊……”

出了吴家，金中和又去了刘家。

两个月后，小花瓶修复好了。接缝处是用烧熔的金液涂抹上去的，衬着碧绿的瓷色，如同碧波上撒下的金丝网，又典雅又鲜活。

在酒桌上，三人端杯痛饮，气氛融洽。

金中和问吴谨声："你若愿意出手，我给你找个买主，八千元没问题，行吗？"

"我不能卖，你修补了我和刘兄的裂缝，我要留存为念。"

刘子泉说："我也要谢谢金兄的美意。来，我敬兄一杯。"

金中和说："不如我们三人同饮，碰个杯，欢欢喜喜共度年华。"

"好！"

"干了！"

司小刃

十八岁的司小刃，做梦都没有想到，在他下乡当知青后，他爹的话应验了。不管他如何厌恶学过的这门手艺，最终还是成了一个剃头匠。

司家世代都操此业，司小刃的爹就是湘潭城最有名的理发店“日日新”的理发师，推、剃、剪、吹、洗，门门都有绝活。他爹说：“你将来还是要干这个营生的。我知道你的同学，平日里都叫你‘司剃头’，你很委屈。人家叫我‘司剃头’叫了几十年，我倒觉得很荣耀。这个世界离得了剃头的吗？”

司小刃从读初中开始，每夜做完作业，爹就让他练剃头的基本功：左手用兰花指捏着一把梳子，右手拿一根筷子当剃刀，站立着双臂悬空平端，在一个虚拟的“头”上划来划去，一站就是两个小时。爹拿一根长竹棍子坐在一边，他稍有懈怠，竹棍子的尖梢就会落到他的手臂上，痛得钻心。然后是让他拿真正的剃刀，刮葫芦皮萝卜皮芋头皮。到他读高中时，爹就拿自己的头和脸，让他练习手推剪、电推剪、剃刀、长柄剪、电吹风的操作。

“儿啊，剃头要‘轻磨、重荡、紧抓皮’，就是磨刀要轻，不让磨刀石伤了刃口；在荡刀布上荡刀要用力，刀才好用；左手要扒紧头皮和脸皮，刀才走得顺当。记住了？”

“记住了。”

“剃‘落气头’和‘满月头’，更要懂规矩，我会慢慢告诉你。”

1972 年夏，司小刃高中毕业。那个年代最好的去处，是上山下乡到广阔天地去种田栽树。司小刃和五个同学，被分配到离城有一百多里远的乌石山区杂木林场。这个林场，其实就是一个生产队的建制，稻田少，山田也不多，到处疯长着没有多大用途的杂木林子。

在司小刃的行囊里，日常用物之外，还有统一发放的《毛泽东选集》四大本。他爹特意用一块白布包上两把剃刀、一把手推剪、一把长柄剪和两把木梳，再把白布包塞进一个旧帆布包里。

“爹，带这些玩意做什么？”

“得便时给同学和农民剃个头，不也是为人民服务嘛。”

“怎么不带电推剪、电吹风？”

他爹一笑，说：“那是几个县交界的地方，偏僻得很，还没通电。就像城里破‘四旧’闹得轰轰烈烈，那里依旧古风留存一样。”

林场特意腾出一栋土砖青瓦的破旧老屋作知青屋，这就是他们的家。

他们很快就发现，村民们对于他们的到来并不怎么热情。刚来时的粮食和食油，是县里统一发放的，但少得可怜。这里看不到移山造田、战天斗地的火热场面，连用石灰水写的革命标语都很少出现在崖壁上、房墙上。有村民悄悄告诉他们，这里并不需要外来的人手，粮食原本就不够，只是上面有指示，不接受知识青年不行！

大家的心都冷了。

知青点的负责人刘立新（原名刘富生，是下乡前特意改的），原本是有大志向的：带领大家向贫下中农学习，和他们一道艰苦奋斗学大寨，还要积极宣传毛泽东思想，破除农村的陈规陋习。而村民最感兴趣的是上面的救济粮、救济款能不能赶快拨下来，或者是偷偷去开块儿自留地种菜，养点鸡、鸭去换现钱。

“立新，今晚还政治学习吗？”司小刃问。

“大家自学吧。”

“谁要剃头？正好晚上我闲得慌。”

刘立新说：“给我砍个头吧。”

“这个‘砍’字用得好。光头？平头？还是西式头？”

“不能叫西式头，应该叫小分头，就给我砍这个！”

“好嘞——”

在这块地方，村民们剃头，第一是到十里外的镇上去，那里有小理发店；第二是每十天有一次赶场，一般会有流动的剃头担子；第三是夹着工具包的剃头匠，说不定什么时候来走村串户。前一种理发店的收费，成人剃头两角一个，孩子剃头每个一角五。后两种的收费，便宜，分别为一角五和一角。

有一天刘立新对司小刃说：“场部让我通知你，你就别干农活了，当专职剃头匠，可为本场村民剃，也可为外人剃。都要收费，成人头收一角五、孩子头收一角。钱都要交场部，一块钱记十分工。你的农活我们帮你干了，照样给记七分。”

“我宁愿和大家在一起，出一天工拿七分，又快活又体面。这种零商游匠，城里早禁了。”

“这是穷乡僻壤，谁去管？再说，场里穷，想收点现钱。我恳请你不要推辞，大家都指望你哩。”

司小刃发现刘立新的眼里有了泪水。

“我们在这里要扎根到什么时候，天晓得。这个穷地方，粮不多，油不够，工分也不值钱。炒菜要买盐，点灯要买煤油，洗衣要买肥皂，坐长途汽车回家要买车票，总不能都问爹娘要吧？何况，我们都上有兄、姐下有弟、妹，家里也经济紧张。”

“我干就是了。但我有个要求，场部我交钱所买的工分，都归属知青点，因为你们替我干农活我已得了工分。我打听了，历年场里每十分工的工值只有六角钱，我不能交一块钱买十分工，只能交七角钱，让场部有点甜头就行了。”

“我……也是这样想的，只是怕你不同意。”

“我会去多剃头多赚钱，但所有的钱不能全用来买工分，要有余钱交知青屋做公用,包括我们回家的来去车票,都可报销。”

刘立新一愣，马上平静下来，说：“谢谢你想得这样周到，这叫穷则思变。只是大家要嘴严，不要对外声张。”

知青点的生活变得有滋有味了。

司小刃剃头节余的现钱，可以在赶场时去买油买盐买菜，谁要回家可预支车票钱。暗地里大家说：“这是共产主义啊，有福同享，各尽所能。”

更有意思的，是司小刃收费也有变通，不愿交现钱剃头的，可以拿几个鸡蛋、鸭蛋，可以拿一包干鱼仔，可以拿几斤红薯、土豆或蔬菜。他提了回来，让大家改善改善伙食。

一眨眼就到了深秋。

忽有外村的年轻汉子，到知青点来拜访“司剃头”，还提来一块猪肉、一条草鱼。请他明日上午去为他的孩子剃个“满月头”，但一切都要按老规矩来。

司小刃明白“老规矩”是什么意思，有些犹豫，说：“会不会被人斥为‘四旧’？”

“破‘四旧’是城里人的瞎胡闹。司剃头，你放心来，没人敢难为你。我们村都姓李，我叫李大田，我爹是族人中辈分最高的。鱼、肉是见面礼，明日还要给一个红包封，里面会放十块钱，这是老规矩。”说完，大步流星地走了。

司小刃问刘立新：“去吗？”

“入乡随俗，去吧。刚才大家说晚饭没怎么吃饱，现在有鱼有肉了，索性再打个牙祭。”

立马欢声雷动。

第二天上午十点钟，司小刃赶到了这个村的这户人家。太阳光很亮，风凉凉的。一个竹篱小院里，摆上了十几张八仙桌，来喝满月酒的男女老少早坐好了。李大田快步迎上来，大声问：“司剃头，准备好了？”

“当然。”

“老规矩你都懂？”

“错不了。”

“请随我来。”

整个院子顿时肃静无声，所有的目光都投过来，看着李大田引领司剃头，从桌子与桌子之间穿过去，走向前面一栋砖木结构的大屋，再上三级台阶，站在厅堂关紧的门前。

司小刃清了清嗓子，有板有眼地数快板“道喜诀”：“遍地金黄是喜秋，欣逢满月好兆头。是男抱在龙交椅，是女抱在万花楼——”

里面传来孩子母亲的声音：“剃头的，我家的是男孩！”

司小刃连忙扯起嗓子喊：“是公子，快快抱在龙交椅。恭喜，恭喜！”

院子里掌声哗哗，高高低低地响起一片叫好声。

厅堂的门随即敞开，正中的一把老式围椅上，李大田的妻子抱着穿红衣红裤的孩子，面朝院子，坐得端方四正。

司小刃走过去，拱手道喜后，在桌子上放下帆布包，解开，摊平，把剃刀、梳子、手推剪一一摆好。

剃“满月头”又叫剃“胎头”，孩子的头骨软，又好动，下刀要特别小心，不能弄出刀口出血，主家会认为不吉利。司小刃是家传手艺，心不慌，手不抖，刀子的力度掌握得极好，一边剃头一边轻声哼唱童谣，逗得孩子一动也不动地望着他。剃刀先从头顶剃出一块儿光亮，再依次剃右剃左剃前，只留下脑后一撮胎发。这时，孩子的爹、爷爷、奶奶、叔叔、伯伯，都站在椅子四周了。

司小刃平端剃刀，大声问：“留不留后？”

众人齐声说：“请留后！”

司小刃马上说：“留得青山水长流，代代子孙占鳌头！”然后，飞快地剃下孩子脑后的胎发，塞进李大田递过来的一个小红袋里。李大田系紧袋口，跑向内室，去放到孩子的枕头下，再赶快回到厅堂。

司小刃对大家拱拱手，说：“吵闹主家了！”

李大田双手送上一个红包封，说：“劳驾师傅了，谢谢。请入席喝杯酒，解解乏。”

司小刃接过红包封，塞到帆布包里。

孩子的爷爷也高兴地走过来，笑得红光满面，说：“你的这一套老规矩，地道，比本地师傅更合格合式，到底是城里来的有文化的知识青年，了不起，让我们开眼了！”

司小刃突然觉得胸口发痛，像被人狠狠打了一拳。他赶快挎起帆布包，向四周拱了拱手，说："我还有急事，要赶回去，就不留下来喝酒了。抱歉抱歉！"

司小刃想找个僻静的地方，痛痛快快地大哭一场。

窗帘之约

这个城中的住宅区名叫和乐山庄。

住在第五栋一单元六楼的蒲芳，和住在第十栋二单元八楼的艾薪，彼此戏称为“老闺蜜”。

她们都已步入老境，早就息影林泉了。蒲芳六十有八，原供职于新华书店，自称被书香熏染了一辈子，也落下个毛病，吃饭时要放本书在桌子上，否则没有食欲；晚上上床，要先看几页书，才能安然入梦。艾薪比她大一岁，在一家大医院当护士直到退休，习惯了穿白大褂的她，容不得身上、家中有不洁的地方，衣服换得勤，桌、椅、门、窗勤擦勤拭。

蒲芳说：“你可不可以稍稍休停一下，林黛玉都说‘欲洁何曾洁’哩。”

艾薪不恼，浅浅一笑，说：“你哪里是爱书，难道那里面会蹦出个意中人来？”

她们是作古正经的空巢老人，而且除了自己之外，只有一条孤独的影子不弃不离。蒲芳的丈夫在十年前因病辞世，又无儿无女。艾薪是中年后与丈夫劳燕分飞，再没有二度梅开，独生女大学毕业后，找了个德国夫君，双双去了那个遥远的地方。

年轻时，她们真是美人坯子，身材、五官都被安排得匀称、得体。老了，腰不弯，脸无皱，虽鬓有微霜，仍可称为老美女。她们原先并不认识，是几年前社区组织退休老人去春游，然后在一个“农家乐”饭店吃中饭，无意中她们坐在一桌，而且是面对面。两人左手端起小饭碗时，都是小拇指稍稍翘起，很文雅；右手执筷，也是执在靠上端的三分之一处。她们的眼里同时流出欣赏的笑意，相互点了点头。这是有教养的家庭，从小对女孩子用餐训导的结果。吃完饭，她们同时离桌，心有灵犀地走到一边去交谈，俨然故友相逢。

每栋楼都有电梯，但她们并不频繁地互访，各人有各人的私密空间。想见面了，一起散步聊天，她们就用手机相约。只是彼此生日时，会手持一束鲜花，进入对方的家中贺寿，寿星自然要亲自下厨，做出几样美味佳肴款待。

艾薪是医务工作者出身，在养生防病上经验多多。有一天，她问蒲芳：“人老了，有些事来得突然，比如跌倒受伤，或来了急病，手机又出了故障，怎么办？”

蒲芳说：“那我们住在一起抱团取暖？”

“那倒不必，我们可以有个窗帘之约。”

“这很浪漫啊，说说看。”

“我们的窗帘都挂猩红色的，如果没有拉开，那就是有险情了。我们每次单独下楼去办什么事，顺带多走几步路，绕到对方的楼前抬头看一看。”

“这叫时刻把对方看在眼里、记在心里，好办法。”

“以后我还想让更多的老人都来参加窗帘之约，相互照看，冲淡冲淡人情中的冷漠。”

蒲芳的眼圈红了，说：“你的格局比我大，佩服。”

艾薪与原单位的退休老人结伴旅游去了，一去就是半个月，连手机都关了。蒲芳心想：这老女子真是玩疯了，快活得昏天黑地。

但这些日子，蒲芳只要下楼，总会习惯地顺带去十栋楼那块地，抬头看看艾薪家那几扇窗是不是拉上了红窗帘。窗上空落落的，她的心也就落到实处。

这一天午后三点钟，蒲芳先去社区医务所看过感冒病后，再走向十栋楼。从不远处向上一望，艾薪家卧室的窗上，严严地遮着一块红！她不禁大喜，艾薪回来了！她马上掏出手机打过去，想笑骂艾薪一顿，但手机关了，没有任何反应。蒲芳立刻紧张起来，是不是艾薪有险情了？赶快进入楼内，窜进电梯间，直上八层；电梯门一开，匆忙奔到艾薪家的门前。先按门铃，无人答应；再使劲敲门，仍无动静。

蒲芳的头上冒出了豆大的汗珠子，迅速地用手机拨通社区保安值班室的电话："喂，你们快来！十栋……八楼……的艾薪家……"正要说"可能出事了"几个字时，大门突然打开了，是穿着花睡衣睡裤的艾薪。她一把抢过手机，放到嘴边说："没事了，谢谢。"

蒲芳问："你回来了？"

"嗯。上午回来的，很累，睡了个午觉……"

蒲芳发现艾薪的脸上，浮现出少女一样的羞涩，眼波盈盈，云鬓散乱，很动人的样子。她立刻明白：艾薪恋爱了，而且，屋里还有另外一个人。她连忙把嘴凑到艾薪的耳边，悄声说："恕我冒昧打扰，海涵。但我得赶快离开，要不你会恨死我的。拜拜！"

艾薪也小声回应："容我日后详细禀报，恕我不能远送。"

蒲芳转身走向电梯间，听见身后的门轻轻合上，响声很温软。

天鹅恋

每年的初春，柏云天都要到河南的“天鹅之城”——三门峡去盘桓几日，带上照相机去拍天鹅。这里的生态环境保护得真好，人与自然和谐相处，充满性灵的天鹅，也知道这里是它们的天堂。

从湘楚市到三门峡市，路途遥远，可柏云天不畏难，尽管他已六十有八，须眉皆白。一眨眼，就是第八个年头了。

儿子、儿媳常劝他：老是这么“单飞”，太辛苦了。柏云天说：“我不是‘单飞’，是和你妈一起去一起回！”

柏云天贴胸的口袋里，总揣着妻子姜娜娜一张名叫《白雪天使》的舞台照。

他们都曾供职于湘楚歌舞团，姜娜娜先是舞蹈演员后为舞蹈教练，柏云天是舞台美工兼摄影，论颜值、人品、业务，称得上是天造地设的一对。特别是两人的感情，稠酽得让人羡慕，什么场合都像是处在初恋之中。每晚演出，柏云天是可以不去的，但他从不缺席，妻子和同事们在台上跳舞唱歌，他就在台下忙不迭地拍照。团长说：“这叫公不离婆，称不离坨。”柏云天说：“姜娜娜说我一到场，她就跳得特别用心，我不能不来。”

姜娜娜的代表作是独舞《白雪天使》，描写一个乡村女医生，在一个大雪之夜去农家治病救人的故事。姜娜娜一身素白，头上扎着一条红白相间的头巾，渲染出雪花满身寒彻骨的气氛；急急地赶路，冰地上滑倒又爬起，都用优美而高难度的舞蹈语言表现出来。柏云天从各个角度去拍摄，仿佛身临其境。他最满意的一张，是姜娜娜看见远处的一点灯光，双臂平展，头微仰，两足腾空而起的那一瞬。这张剧照感动了许多人，都说这是一只至洁至纯的白天鹅！

四十岁后，姜娜娜不上台了，当起了舞蹈教练。但团里有演出，姜娜娜就去后台监场，柏云天照旧拍照。年复一年的忙忙碌碌，他们过得很快乐。姜娜娜是舞蹈演员，又负过伤，五十五岁可以退休。她对丈夫说：“老柏，人家背后都叫我白天鹅，我还没真正地看过这种精灵。听说从西伯利亚飞到三门峡栖息过冬的天鹅特多，你陪我去看看？”柏云天说：“好。”

他们预先购好火车票，准备好了行李。就在动身的前一天，姜娜娜突然中风，颅内出血，送进了医院。姜娜娜抢救过来后，问：“车票你退了吗？”柏云天说：“没退。留下个念想，等你行动方便了，我们再买车票去。”姜娜娜流着泪连连点头。

五年过去了，瘫痪了的姜娜娜再没有站起来。在三九严寒的一天，她满怀遗憾地去了另一个世界。柏云天第二年初春时，揣着妻子那张《白雪天使》的剧照，去了三门峡市。他坐在水草岸边，让妻子的照片面向成千上万只天鹅，轻声说：“你就好好看吧，他们都是你的兄弟姐妹，你就是他们中的一员。”柏云天还拍了好多张天鹅照片，带回家再一一冲洗出来。清明节扫墓时，他把照片摊放在墓前的石台上，让姜娜娜在冥冥中尽意欣赏。

柏云天退休后，找来很多关于天鹅方面的书，把妻子的照片放在旁边，轻轻地念给她听。他知道妻子能听见他的声音，会听得面带微笑。

天鹅在先秦时就出现在我国的典籍上，那时称之为“鹄”或“鸿鹄”。天鹅属雁形目，鸭科，全世界共有五种，我国占有三种：疣鼻天鹅、大天鹅和小天鹅。三门峡市栖息的是大天鹅，故中国野生动物保护协会授予此地为“大天鹅之乡”。大天鹅又叫黄嘴天鹅、咳声天鹅，古书上称为“大鹄”。

天鹅俊逸、雅美，举止从容、安详。天鹅善飞，晋代阮籍赞叹其“双翮凌长风，须臾万里遥”。天鹅善泳，游动时长颈直立，速度极快，身子在风浪中不晃不摇，保持一种凝重的平衡，有君子之仪。天鹅一旦相爱相伴，形影不离，故古人说“雌雄一旦分。哀声流海曲”。

念着念着，柏云天丢开书，拿起妻子的照片，号啕痛哭……

己亥初春，柏云天在三门峡市停留了十天，晨出夜归，拍了几百张天鹅的照片。

回到湘楚市，儿子、儿媳和孙子，欢欢喜喜来慰问老爷子。

柏云天说："清明节我们一家去扫墓，我要告诉你妈一个好消息，我要举办一个名叫《天鹅恋》的个人摄影展。"

儿子说："太好了，我们支持！"

"你们猜，第一张照片是什么？"

大家摇头。

"第一张照片，是我当年为你妈拍的剧照《白雪天使》。那一瞬的舞姿，如同一只冲天而上的白天鹅，永远活在我心中。"

织补人

当下的城里人，还有穿打补丁衣服的吗？没有。生活普遍富足，衣食无忧，衣服稍旧、款式稍过时，就会毫不犹豫地扔了。但也有舍不得扔的，比如高档的毛料西装、手工刺绣的旗袍，还有具有某种纪念意义、上了年岁的衫、裙、裤、褂，或被烟头烧了个洞，或不小心被锐物挂出裂痕，或出现几个虫眼，就得去找织补人修破如新或修旧如旧。

织补人不需要开店设铺，不过是摆一个小摊，或在百货商场内外的大门旁，或在人来人往的街道、广场边。在旧时代，这个行当叫“缝穷”，干此营生的是收入不多的中老年妇女，为那些没有家眷的老少光棍缝补破衣烂裤，也就是打补丁，赚一点辛苦钱。而现在的织补人，小洞细眼，是用与原衣物同色同型号的线织上去，不留任何痕迹；破损处大的，要用同色同型号的布料，剪出适当的面块嵌入，再在接缝处合经合纬地织补，一如原物。这个手艺了不得，有如字画的修补。

在株洲百货商场大门内侧的右边，就有这么一位织补人甄法嘉。他不是女性而是男人，他不是中老年而是个未成家的小伙子！小平头，瘦高个，眉淡目俊，十指细长柔软。他是服饰中专技校的毕业生，完全可以到大型服装生产企业去任职，却偏偏选择了当自由的织补人。他的父母是乡下的裁缝，甄法嘉自小就喜欢穿针引线，像个女孩子。

父亲问他：“你怎么喜欢当织补人？”

他说：“学校有这门课，我学得很用心。”

父亲又问：“碰了老同学你不难堪吗？”

他一笑：“凭手艺吃饭，不丢人。”

甄法嘉的行头很简单，一条小板凳，一个手提工具包（里面放着针、线、布块儿、木绷子）、一个可叠折的纸板广告牌。广告牌顶上端写着“织补人甄法嘉”，两边各写一句话，右边是“织补小漏洞”，左边是“不留大遗憾”；中间是根据布料纹理所定的价目表，每织补一处，平纹三十元，斜纹四十元，反纹五十五元，特殊布料和工艺的另议，并承诺凡他经手织补的地方，一年内保证不破。

一眨眼，他当织补人三年了。手艺好，待人有礼性，收费公道，生意一直不错。除租房、日常开支之外，每月还略有盈余。顾客送来活计，有当面等着他完工的，也有隔些日子再来取的。还有不是顾客的，但对一个小伙子用木绷子绷在破损处，操持针线织补，很好奇，便蹲在旁边看，不时地提出一些问题，他一边干活，一边答话，满面春风。

甄法嘉发现有一个蓄短发的中年大姐，隔三岔五总要在他摊子前待一阵儿。

于是，甄法嘉忍不住问：“大姐，你贵姓？”

“不敢，我姓刘。没打扰你的工作吧？”

“没有。欢迎您提意见。”

“我想问，缂丝之类织品，你可以织补吗？”

“应该可以。”

“做好的旗袍，再在上面绣出图案的，有了破洞怎么织补？”

“先用原色布料织补好破洞，再在上面依原样补绣图案。”

“你还会绣花？”

“见笑！手艺还过得去。”

刘大姐点点头，说：“我祖母留下一件从未穿过的苏绣旗袍，可惜被虫蛀了十几个小洞，我明日送来，请你织补。祖母虽然过世了，但我要留个念想。”

“谢谢刘大姐照顾我的生意。”

这件旗袍用料是杭州产的紫缎，绣的是淡雅的白玉兰花。刘大姐送来后，当场付下工钱两千元，约定五天后来取。甄法嘉不肯预收工钱，说：“按我的常例，一律是顾客取货、验货认为满意了再付款，刘大姐也不例外。”

第五天，刘大姐没来取织补好的旗袍。

又过了五天，仍未见刘大姐踪影。

甄法嘉的父亲忽然从乡下打手机来说："法嘉，你娘病了，她很想念你，快回来吧！"

"爹，我理应回来。但有个顾客约好了来取货，却没来。我要等她，怕她找不到我着急，我不能失信于人。"

又过了十天，刘大姐来了。

刘大姐把旗袍认认真真看了几遍，脸上浮满赞赏的笑意，说："你叫甄法嘉，谐音是'针法佳'，名不虚传。"说完，赶忙付工钱，还特意多付了一百元作奖励。

甄法嘉执意退回一百元，说："谢谢您。但我决不能多收一分钱！"

刘大姐说："你很实在。"接着她拿出她的工作证，让甄法嘉看了后，说："我是古代纺织品博物馆的，馆里有不少古代的衣、帽、袍、褂、帷、帘，有的破损了。这些日子我考察你的手艺不错，人品也不错，想请你到敝馆去织补，时间会很长。如果你同意，现在就去。"

"刘馆长未能按时来取旗袍，我想也是你考察的内容之一。"

刘馆长脸一热，不好怎么回答。

"刘馆长，十五天前，我就要回乡下去探看患病的娘，因为要守约等你，我没走。现在，我的头等大事，是赶快回去陪娘，侍奉汤药。"

刘馆长一愣，说："对不起，耽误了你回去探看母亲，请见谅。"

甄法嘉淡然一笑，说："刘馆长，您客气了。"

"小甄，你放心去吧，待多少日子都不要紧。我和我的同事，在馆里等着你。"

好多日子过去了，甄法嘉没有来博物馆报到，也再没在百货商场设摊。

听说，他到另外一个城市当织补人去了。

回窑

年近不惑的张小灯，觉得自己越来越像京剧《武家坡》里的王宝钏了。王宝钏在那孔寒窑里，苦苦等候丈夫薛平贵归来，春风秋雨十八载。

张小灯也在等丈夫李大川回家，一等就是三个月。三个月，九十天，日长如年。从一九六六年深秋，等到一九六七年元月，已是农历年的三九隆冬，丈夫还音信杳无。

时近子夜，北风紧，雪花飘。

初中毕业又再无书可读的女儿李星火，此时已进入梦乡。

这是一孔真正的寒窑，不是北方的那种土窑洞，而是用作试验烧砖用的长条形小龙窑。这个两千人的砖厂，出产用各种原材料烧制的建筑用砖，红土砖、青土砖、矿渣砖、煤灰砖等，在大批量烧制前，先在小龙窑里试烧。这些小龙窑早废弃了，抛掷在厂区后面的野山坡上，如一个个凸起的龟壳，如今却成了临时宿舍房。窑顶开个小窗，嵌几片镜瓦；窑口装上粗糙的带缝隙的木板门，寒气从外往里渗透；窑里胡乱隔出厨房、卧室、卫生间。电线不可能牵到这里来，照明用的是煤油灯。

张小灯一家怎么会住到这里来呢？因她的丈夫是砖厂的总工程师，她也是技术员，读过大学，双方都出身剥削阶级家庭。这场大革命一拉开序幕，“臭老九”便成了首当其冲的罪人，被造反派勒令搬出宿舍大楼，住到这里来，改造思想也磨炼肉体。三个月前，建材系统开办批判“资产阶级反动学术权威”的学习班，李大川自然榜上有名，被押解去了一个连家属都不知道的地方集中学习。

张小灯听见梦中的女儿，断断续续发出呓语：“我……冷，妈……门缝里……风……”她赶忙走过去，为女儿掖紧被子，然后又回到桌前，把煤油灯捻亮，似乎可以让窑里暖和一些。女儿曾请她在门板上糊上厚纸，让风不从裂缝中挤进来，她摇头，满眼是泪，说：“我想从门缝里看见你爸回家的身影，听见你爸的脚步声。”女儿懂事地说：“妈说得对。”

张小灯知道丈夫一生谨慎，不乱说话，更不会干出什么离谱的事，所有的心思不过都在造砖上，这也有罪吗？但丈夫心气弱、胆子小，就怕他太看中自己的脸面，想不开。这九十天啊，他怎么熬？天天要触及灵魂，又见不着妻子女儿，还不能有半点业余消遣的兴趣……张小灯不禁长长地叹了口气。

她和大川是大学同学，只是不同系，他学的是“建筑材料”，她学的是“机械制造”。之所以有亲密的接触，是因为大学里有一个业余京剧团，他们都是京剧票友，常常在一起看戏、排戏、演戏。彼此都出自名门大族，一抬手一举足一说话，都看着顺眼顺意。“票”戏时，一个唱老生，一个唱花旦，入境入情，真是一大乐事。最让人羡慕的，是他们的“对儿戏”，《四郎探母》中，一个唱杨四郎，一个唱铁镜公主；《长生殿》中，一个唱唐明皇，一个唱杨贵妃；《武家坡》中，一个唱薛平贵，一个唱王宝钏……看过他们演出的人都说：这台上是一对，将来台下定是一双。

果然，大学毕业后，他们一起分配到这个湘江造砖厂，由同学变为同事，再顺理成章变为夫妻。家里除各种技术书籍外，还有留声机、唱片和几套戏服。休息日，关门闭户，过一过戏瘾，再烦心的事也成过眼烟云。留声机、唱片、戏服再也不可能有了，让子弟中学的红卫兵抄家时全掠走了，然后砸碎、烧毁。红卫兵走后，李大川忍不住失声痛哭，说：“我们剩下的一点乐子，也没有了。”张小灯说：“乐子在我们心里，怎么就没有了呢！”

桌上的闹钟，长针、短针叠合在“绿苇滩 2”字上。

寒窑的门轻轻地有节奏地敲响了。

张小灯先是一愣，再细听，咚咚跳着的心平静下来，她稳稳地拿起煤油灯，走出卧室，缓步来到窑门前，问道：“谁呀？”“是我——李大川，今夜开完会，宣布我们可以回家了，我是步行走回来的。”声音有些低涩，寒凄凄的。

张小灯忽然想起了《武家坡》中，薛平贵一路追赶王宝钏，来到寒窑外叫门的情景，那一段彼此的念白她是太熟悉了。她提起一口气，用京白说道："你要后退一步。"

真是抑扬顿挫，余韵悠长，好听。李大川似乎精神一振，有了一种回家的感觉，也用薛平贵的原词念白："哦，退一步。"

为什么要退后一步呢？按剧情说，因为王宝钏要让站在门前的薛平贵拉开距离，她才能从门缝里看清对方的面容。

"再退一步。"张小灯又说。

"再要退后一步。"李大川又回应一句。

李大川第三次退一步后，念白："哎呀，无有路了啊！"

张小灯嘴角泛起笑意，脆亮地说道："有路，你还不回来呢。"

然后，她一手掌灯，一手拉开门闩，把门从容打开。

在敲门声响起时，李星火立马醒了，她知道应该是爸爸回来了，便飞快地穿好衣服下床，悄悄地站在不远处。但她万万没有想到，久别重逢的爸爸妈妈，却能营造出这样一种戏剧的气氛，连她都恍然如看戏，惊得说不出话来。她敏感地发现，妈妈用这种方式，消解了爸爸从绝望中归来的沮丧和悲戚。她听见爸爸忽然仰天哈哈大笑，说："小灯呀，我全须全尾地回来了，让我去好好看看我的女儿！"

星火跌跌撞撞扑上前，欢喜地叫道："爸爸，我们在等您哩！"

丰盛的晚餐

这个冬天格外冷，虽没有下雪，老北风却像锋利的刀子剜肉刮骨。气温天天都在零下一两度，滴水成冰。傍晚不到五点钟天就灰黑着一张脸，凶神恶煞的样子。

这栋依山傍水的旧粮仓，如今是三十个知青的安身之处，吃饭、睡觉，当然还有开会学习，都在这里。靠左边墙和右边墙，各隔建出一溜长方形的大卧室，里面是彼此可以声气相通的大通铺，男知青住左边，女知青住右边。粮仓中部摆放着几张粗笨的大方桌、十几条长板凳。粮仓后部搭建出一个很大的厨房，灶台、碗柜、案板、劈柴、大水缸，各有各的位置。

他们是一九六八年秋天，从湘潭市下放到这里来的。初中毕业，又疯疯癫癫耗了两年“复课闹革命”，然后上面一声令下，来到这个偏僻的山区，改天换地，接受贫下中农的再教育。一眨眼就是一年有余。粮仓的门额上写着四个字：“红心向党”；两边的对联为：“根扎广阔天地；情牵贫下中农”。都是用黄漆刷底、红漆写字，在日晒雨淋中已有点褪色。

这么大一栋房子，此刻只有两个人：李为和张文。一个瘦高如竹竿，一个结实如树桩。其余的人呢，都到五里外的小河边兴修水利去了。筑堤垒坡是个苦活，吃了早饭去出工，中午由水利工地供应中餐，晚饭再回来吃。

知青小队的队长兼团支部书记于衷，父亲是一个大工厂的锻工，他也体量高大，在学校当过红卫兵负责人，平日喜欢穿他父亲穿过的蓝色工作服，无言地表白他是可以领导一切的工人阶级的后代。他认为这段日子也要苦乐相均，每天轮换着留下两个人司厨，做早餐和晚餐，司厨不过是做饭、炒菜、挑水、砍柴，轻松，还可以顺带养息一下身体。那年月，城里吃肉凭票，每人每月二两猪肉。乡下吃肉比城里还困难，私人是不允许养猪的，那叫“资本主义的尾巴”，都割了个干净。知青们每天吃着少油或没有油的蔬菜，不少人叫苦不迭。于衷脸一板，说：“贫下中农叫过苦吗？他们根正苗红思想好，我们要一板一眼地跟他们学！”

今天司厨的是李为和张文。

他们曾是同校同班还同桌的同学，下乡插队又成了无话不谈的“插友”。按规矩，他们是下午五点钟开始煮饭，五点半开始炒菜，知青们大约六点钟回到这里，然后上桌。

他们坐在厨房里的一个火盆边，盆里燃着一个干枯的柴蔸，火苗子欢快地跳跃。

李为叹了口气，说：“我又偷着出去画人像，于衷非得大发雷霆不可，说我是心生邪念，不想一辈子扎根农村。”

张文说：“你画像换回了一只野兔子，让大家都沾点荤腥，是一心为公。”

“于衷不会这样想。我父亲是中学美术老师，出身又不好。”

“你放心，我父亲是厨师，也算是劳动人民吧。我会说是我怂恿你去的，我不怕。”

李为从小就喜欢美术，尤其喜欢用炭精笔画肖像，这叫“描容”。父亲便教他“描容”的传统技艺，如何使用“九宫格”，如何勾轮廓，如何用粗细不同的炭精笔描、涂、擦、皴……到上中学时，他“描容”已经熟能生巧了。下乡当知青，他也带着这套工具。当时的农村，还没有照相馆，上年纪的老人想到自己的后事，会生前找人描张肖像，以便将来挂在灵堂里。有半寸或一寸照片的，可以对着照片加大临摹；没有照片的，则要对着真人素描。李为二者皆能，故时常有老人的儿孙来请他上门去画像，画好了告辞时，主人会送些鸡蛋、蔬菜、豆腐给他，还有送鸡送鸭的。李为拿回来交给厨房，改善大家的伙食，皆大欢喜。但于衷却颇为不屑，在大会小会上批评李为，说这是动摇大家扎根农村的军心，是助长农村封建礼俗的蔓延，绝对不能容忍。

只有张文不怕事，反问道：“你不是常说贫下中农需要什么，我们就应该做什么吗？再说，你不是也吃了，吃了又来批评李为，不是搬起石头砸自己的脚吗？”

“反正……李为再不能去画像了，影响知青的形象。”

李为说：“这好办，我不去画像了。”

这天早晨，当知青吃过饭去了水利工地，张文忽然对李为说：“这些天，大家累得黄皮寡瘦的，伙食又差，什么地方可以去弄点肉来？”

“我有什么办法！”

“早些日子，马家村八十岁的马嫔驰打发他孙子来请你去画像，你没有答应。”

“我不想去，于衷的眼睛总像盯犯人一样盯着我，没意思。”

“我们是好兄弟，算我求你了。你去画像，说不定可以弄点肉回来。大家撂在这鸟不拉屎的地方，也是一种缘分。于衷算个球，大家正憋着一口气要发作，他敢犯众怒？”

李为想想也对，就带上画像的工具，翻过后山，一溜小跑去了马家村。马嫔驰正好有张小照片，不过是扩大临摹而已。李为在午前就画好了，马嫔驰看了，笑得脸上开了花，执意要留李为吃中饭，李维不肯，一定要赶回去。马嫔驰说：“孙子昨天在山里捕了一只野兔子，我送给你，好不好？”李为没有推辞，大声说：“我谢谢你了，我们这群知青谢谢你了！”

火盆里的柴蔸烧得红旺，热力四射。

张文说：“该煮饭了。兔子也杀了，还切成了小块片；蔬菜也摘了也洗了。”

李为说：“这只兔子也就三斤来重，三十双筷子去夹，没几下就完了。你是厨门后人，可有别的方法烹制？”

张文想了想，说：“不如做一锅兔肉焖饭。将兔肉和洗好的米一起放入大锅里，加上适量的水，焖出一锅香喷喷、油腻腻的米饭来。再炒几大盆蔬菜，保管大家吃得尽兴。米，每人半斤，共十五斤。”

“好。”

六点钟的时候，天黑了下来。当不远处传来笑语声和脚步声，李为特意去把粮仓的大门敞开，让饭菜的香味飘了出去。然后，他和张文把焖好饭的大铁锅从厨房里提出来，放在离饭桌十米远一个有靠背的木托架上，靠背顶端的横木上挂着一盏三角风灯。他们又把碗、筷、盛好蔬菜的搪瓷大盆，分别摆上几张桌子，每桌再点亮一盏小油灯。

不一会，知青们涌进了堂屋里，大门关上了。

李为和张文站在桌子边迎接大家。

有人说：“我刚才闻到了肉香。”

张文说：“你的鼻子很灵，是肉香。”

大家欢呼起来：“打牙祭啰！打牙祭啰！”

有人问：“是猪肉吗？”

张文答：“是野兔子肉。我们做了一大锅兔肉焖饭，可称美味。”

“好啊！”

“我都流口水了。”

于衷走上前，怪怪地问：“兔肉哪来的？”

张文说：“是我动员李为去为马媄驰画像，人家送他的。”

于衷垮下一张脸，大声说：“怎么又去画像？这顿饭我们不能吃。人可以饿，思想不能饿！”

有人大声说：“你可以不吃，我们想吃。吃了会死人吗？你刚才在路上还说，只想吃肉哩。”

于衷不作声了，他发现所有人的目光，如飞矢般射向他，含着莫名的愤怒。

有几个调皮鬼，挤出人群，奔向那口大饭锅。

李为赶快拦住他们，和颜悦色地说：“别急，别急。兔肉不多，都切成小块儿焖在饭里了。待我吹熄木架上的风灯，大家摸黑去盛饭，谁盛到了肉，是他的运气，这样就公平了，大家说好不好？”

“好！”众口一声。

于是，大家拿了大粗瓷碗，排着队摸黑去盛饭，堂屋里一刹时变得静悄悄的。

于衷瑟瑟缩缩也去排在后面。

李为和张文一直等大家都盛了饭，坐在桌子边去后，才端着碗去盛饭，但米饭不多了，他们盛的多是锅巴。

满屋子都是肉香、菜香、饭香。

油灯暗淡的光影里，有人大声说：“李为和张文，一门心思为大家着想，不讲空话，只做实事，我建议就让他们做专职厨师，不要轮换了，于衷队长，哦，于衷书记，你以为如何？”

于衷正吃得津津有味，听到问话，忙停下筷子，说：“大家都赞成，我也……没意见。不过……饭后我们还要认真学习。”

没人作声，只听见碗筷细碎的交响。

昨夜无故事

这是一九六九年盛夏一个尴尬的黄昏，而且注定也是一个尴尬的夜晚。

在偏僻的长冲知青点，就剩下两个互不待见的人，而且是一男一女。男的叫游决明，女的叫花美霞。

知青点一共五个人，二女三男，是去年冬下放到这里来插队落户的。下放前，他们是株洲一中高中部的同学，还是同住一条建国街的远近邻居，忽然之间成了在广阔天地磨炼铁骨红心的“插友”。这个地方属于株洲县朱亭公社旺坡大队牛背岭生产队，知青屋设在离队部五里外的长冲。住的是一栋稍经修整后的破山神庙，倒塌的泥菩萨早被清理出屋，神案成了他们的饭桌。宽敞的殿堂，用厚木板隔出几间作为卧室、工具室、洗澡室、厨房。他们要干的活，简单而笨重：种苞谷、红薯、蔬菜，兼带栽树护林。

午饭后，一个女插友两个男插友，因为远在株洲市的家里有急事，再说也有两个月没有休假了，他们向知青小组组长花美霞请假三天。

往常休假，一般是让两个人回去，留下三个人；或者是三个人回去，留下两个同性别的人。花美霞说："这怎么行呢？"

"我们问过游决明，他说你也可以跟我们一起回城，他一个人留守知青屋，正好和山鬼林狐搭伴。"

"呸！呸！这个游郎中，狗嘴里吐不出象牙。我能走吗？知青屋真要出个事故，我的责任就大了。你看，你们要走了，他也不出来送送。"

"花组长，那我们就走了。"

"走吧，走吧。"

太阳渐渐地西斜，清凉的地气升腾起来，风悠悠地吹，知青屋外满山满岭的林木，发出细细碎碎的声响。

花美霞在三个"插友"走后，突然觉得很孤单，这种孤单不是因为清冷、静寂，而是失去了一个受人尊重的氛围。这个游郎中一个下午就闷在自己的卧室里,不是在清点随手采摘的药草，就是在看几本医书，也不出来跟她打个照面。

在五个人中，她最有优越感：出身工人家庭，具有领导才干，在学校当过红卫兵的小头目，"复课闹革命"后因为要求进步加入了共青团，现在是知青点的"一把手"，出工、收工、开会、生活，当然还包括做思想政治工作，都由她统管。她最看不顺眼的是游决明，父亲不过是城里一家国营中药店的坐堂医生，也就是世人所称的"郎中"。游决明自小就喜欢识别药草、背诵单方、翻看医书，下乡了更是如鱼得水，俨然走进了一个大药草园，干活不偷奸不躲懒，还兼带做实习郎中，哪里想过在农村扎根一辈子的事。她从不叫游决明的尊姓大名，不论什么场合，敞开嗓子叫“游郎中”。

游决明不但不恼怒，还满脸是笑地答应，然后说：“花姑娘，什么的干活？”

花美霞气白了一张脸，恨恨地说：“痞子腔！”

“你慷慨送我一个绰号，我也送你一个，这叫来而不往非礼也。”

最后一缕夕阳，消逝了，暮色开始合拢，快八点钟了。

花美霞已经洗过澡，换上一条湖蓝色的确良连衣裙，趿着一双软底海绵拖鞋，走到游决明卧室外。她个子高挑，眉目清秀，确实漂亮。在家她是满女，受宠得很，穿着比同龄的女孩子要时尚得多。

“喂。你不吃晚饭了？”她不敢叫“游郎中”，免得生闲气。

“喂。吃过了，吃的是中餐剩下的蒸红薯。”

“那就好。我到外面去散散步。”

“遇到了野鬼，就大声喊。”

“呸！”脚步声柔柔软软，牵向屋外。

游决明在卧室里点亮了小马灯。“楼上楼下，电灯电话”在那个年代，还是个遥远的梦。

当天色完全黑了的时候，游决明听见花美霞的脚步声由远而近，走到知青屋的大门口，上了台阶，跨过门槛，突然停住了。接着，就听见花美霞恐怖的叫声：“游郎中——游决明，我踩到蛇了，快来救我！”

游决明大声回应：“花姑娘——花美霞，不要动，踩紧蛇！”边说边提起小马灯，还拎了一支手电，跑到门口来。他先在地上放下小马灯，再揿亮手电筒，照到花美霞的右脚上。海绵拖鞋踩在离蛇头一寸的蛇颈上，蛇头在鞋底边扭来扭去，黑红色的蛇信子一伸一吐。手电光从下往上移，脚跟、脚踝、小腿肚，很白净，缀着棋盘花纹的蛇身子如麻花一样，一圈一圈往上缠。

“游决明，我怕，你快想办法。”

“别动，这是条五步蛇，毒性大，咬一口，五步之内必倒地身亡。”

花美霞呜呜地哭起来。

“你常说‘一不怕苦，二不怕死’，上台表态的豪情壮志哪去了？我游郎中自有办法，这条蛇不能白白遇上你！”

游决明先用两根细竹棍夹了一团破布塞进蛇嘴，再用手撩开裙子的下摆，抓住蛇身，一圈圈解开后，用左手抓住蛇尾，把蛇身扯直。接着右手从口袋里掏出一把锋利的小刀，从蛇的肛门处沿着蛇腹慢慢地朝蛇头笔直地剜过去，顺带把蛇的内脏也取出来。“好了，你可以松脚了。”游决明把刀子和蛇放到地上说。话声未落，花美霞身子一软，倒在游决明的怀里。游决明赶忙把她抱开去，让她坐在离死蛇几米外的地上。

“你少安毋躁，我得去把这条蛇处理一下。这种毒蛇，县里有药材公司收购，可卖四五块钱哩，你总说伙食少油水，我卖了蛇，到集市买几斤猪肉，让大家打牙祭。”

“你是当郎中的料。你这一刻想的是蛇。”

“你在想一男一女的夜晚，怎么说得清楚，是不是？”

花美霞一骨碌站起来，急步进了她的卧室，没有关上门。

游决明找来两根筷子，扎成十字架，把蛇头拴在十字架上端，再翻开蛇肚皮，一点一点盘在筷子上；然后进了厨房，用微火烘焙蛇头、蛇皮。

游决明把这一切弄妥，然后洗手、冲澡，准备入房安睡。他看见花美霞的卧室门，还开着。墙上的挂钟，正好敲了十二下。他上床很快就睡着了。

睡梦中的游决明，没想到花美霞会悄悄地在他门上挂了一把锁。黎明时，他醒过来，听见花美霞悄悄开锁和取下锁的声音，便明白了此中缘由。

打着赤脚落地无声的花美霞，转身走了。

游决明没有惊动她。他只是不明白，花美霞先是敞开自己的卧室门，尔后又在他门上挂上锁，是她放任自己后的一种醒悟和自律，还是对他表示一种装模作样的警诫和掩饰？这个女子心太深了，不能不提防。

昨夜无故事。游决明心里说：我们永远也不会有故事了。

乐扫扫

乐扫扫的扫地声，总是在夜里十一点准时响起。

这条长长的巷子，叫当铺巷。家家户户早就闭门安歇了，巷子静如大山中的一条沟壑。大竹扫帚抚触着青石板铺砌的巷道，沙沙沙沙……如细雨敲窗，如春蚕噬叶，很从容也很柔软。

扫地声从巷口响到巷尾，不多不少一个半小时。路灯下，飘着一条又瘦又薄的影子，孤零零的。扫地声从一九六六年的一个夏夜响起后，持续到眼下的一九七八年，十二年弹指一挥间。

子夜前后还有没入睡的，只有睡眠少的老辈子，或者是因职业习惯喜欢熬夜的人。比如，供职于社科院心理研究所的何究源，两鬓斑白，犹笔耕不止。只要一听见乐扫扫的扫地声，他便会搁下笔，肃穆地坐正身子，那竹扫帚仿佛在他心上扫过来扫过去，心便隐隐发痛。

乐扫扫是巷中人背后叫的绰号，他姓乐名稍稍，来自古语：有得意处，乐而稍稍，乃君子之风。已届古稀的乐稍稍，既不是何究源的亲旧，也不是无话不谈的挚友，只是邻居而已。可不知为什么，听着这深夜的扫地声，何究源心痛之外，还有莫名的内疚。

“文革”初期，乐稍稍正好退休。他原在一家街道小厂的医务室工作，里里外外就他一个人。他在新中国成立之前，家境富足，读过医科大学，又应征在国民党部队做过几年军医，虽没有任何血债，但人生档案上有污点留存，抹也抹不去。居民小组长马大婶儿，按上级的指示，横眉竖眼勒令乐稍稍每夜扫一遍巷子，要风雨无阻，要扫得干干净净。

乐稍稍素来胆小，说话都不敢高声，连连点头。

“你要好好改造思想，认真赎罪。你为敌人治病，治好了让他们继续作恶，这罪可比天大。”

乐稍稍一张脸蓦地变得惨白。

从此，他夜夜扫巷子，也就有了乐扫扫这个名号。人们都习以为常，只有何究源寝食难安。是非颠倒的十年过去了，尔后是拨乱反正，世道变得清明，乐扫扫依旧不依不饶地扫巷子。没有谁指令他，也不可能有人督查他，只可能是长期的心理压抑，让一种外力强制的行为模式，变成了自我心理的庄严确认，这是一种可怕的心理疾病，得赶快调治。

何究源曾背地里找乐扫扫的夫人和孩子，让他们进行劝说和开导，可他们说：“何教授，他不听啊！反说我们不懂世事。每天很早就嚷着吃晚饭，吃完晚饭就握着扫帚坐在客厅里，两只眼睛死盯着墙上的挂钟。十一点差五分他出门，走到巷口正好十一点，然后开始扫地。扫完地回到家里，一定要把扫帚靠在床边。您是搞心理研究的，托您为他治一治。”

怎么治？何究源犯难了，他坐在书桌前长吁短叹。

何究源的妻子是个资深的中学语文教师，当她听丈夫说起这件事时，脑袋里灵光一闪，说：“老何，俗话说：解铃还须系铃人。”

“什么意思？”

“让现在还是居民小组长的马大婶儿再训他一顿，命令他不准再扫巷子了，必须老老实实待在家里。”

何究源蓦地站起来，敲敲自己的脑门子，说：“你头发长，见识可不短。当年马大婶儿的恐吓，让乐扫扫在心理上牢牢地确认了她的权威性，谁人也不可替代，真应了‘唯马首是瞻’这句古话。你是让我去劝说马大婶儿再次登场亮相，严令乐扫扫再不许扫地？”

“对。”

“马大婶儿是个没有什么文化的人，过去仗着出身好，跟着别人瞎起哄。这几年被大家责怪，头都抬不起来。她会答应吗？”

“你告诉她，她应该反思自己过去的言行，拯救乐扫扫，等于是将功补过，大家会记得她的好处。”

几天后的一个夜晚，马大婶儿领着几个居委会的年轻人去了乐家。

乐扫扫握着竹扫把，坐在客厅里，见马大婶儿急火火地闯进来，慌忙站起，腰微弯，说："我在看着钟，才十点哩，我不会迟到的。"

马大婶儿板起一张脸，大声说："从今晚起，你可以不扫巷子了。扫了十二年，群众对你的思想改造很满意，我也很满意。以后，谁也不能再叫你乐扫扫，要叫乐先生、乐老师。乐先生，把竹扫帚放到院子里去。"

"是。请问巷子谁来扫呢？"

"已安排环卫工人打扫。"

马大婶儿说完，连茶也不肯喝，领着人走了。

每夜十一点钟，再没有扫地声响起了。

有一天，乐先生的夫人在巷子里碰见何究源，着急地说："我家老乐，每夜不去扫巷子了，但到了十一点，又拿起竹扫帚扫自家的院子。"

何究源一惊，随即冷静下来，说："这是一种心理惯性，慢慢……会过去的。"

"那就好，那就好。"

何究源心想：有的人会慢慢地爬过这个坎，有的人却永远也爬不过去……

红疤手

红疤手姓戈名连营，是个卖虫的。

当铺巷住着几十户人家，干什么行当的都有，但以卖虫为生的只有红疤手。

这个绰号只是背后叫，没人敢当面唐突，谁矢口叫了，他脸一板，目光里透出杀气，让人不寒而栗。老辈人常说，戈连营这个姓名总让人想起古诗词中的句子："半夜军行戈相拨""梦回吹角连营"。戈连营是否行伍出身，谁也弄不明白。

戈连营的模样寒碜，身子瘦小不说，还驼背，左脚有些跛，右手的手背上有一块发亮的红疤，很显眼。

他年少时出外读书，一走好多年都无消息，待新中国成立后才回到祖居的当铺巷，这时候他的父母已经辞世。他也早过而立之年，孑然一身，又是个残障人士，这日子怎么过？

戈连营说："巷子后面是雨湖，我的生计就在那里，弄碗饭吃小事一桩。"

街坊邻居半信半疑。

出当铺巷的巷尾，便是雨湖。雨湖不是一个湖，是上中下连着的三个湖,湖边长满了密密匝匝的芦苇和各种野花野草野树，虫鸣、鸟叫、鱼跃，风景不经修饰，充满了野趣。

戈连营总是在天还没亮时，手持长柄网，挎着几个小口大肚的竹织圆篓子，到雨湖去捉虫捕鸟。蚂蚱、螳螂、叫哥哥（蝈蝈）、蟋蟀、蝉，都要；也捕一种在芦苇丛中搭窝的水鸟，叫翠莺儿，成年鸟很机警，一有动静就飞了，飞不动的是幼鸟。

他为何这么早就去捉虫？因为早晨露水重，虫翅膀是湿的，飞不快，容易捉。

这些虫，或卖给大人听虫叫，或卖给孩子当玩伴。

有人问他为什么不捉斗架的蟋蟀，每只的价格可就高多了。他说："让它们斗得你死我活的，缺德。"

戈连营卖虫是在中午后至黄昏这一段时间。当铺巷巷口连着平政街，他的卖虫摊子就摆在这里。不远处有一所小学叫平政小学，过往的学生很多。下班的大人经过时，也会驻足以观。戈连营坐在一个矮脚凳上，面前摆着装了各种虫子的竹篓子，罩着丝网的小竹筐里装着几只翠莺儿幼鸟，用芦苇编织的小笼子一串串搁在脚边。每只虫也就一分钱或两分钱，幼鸟五分钱一只。

小孩子有买叫哥哥的，有买蟋蟀的，戈连营一边把他们选好的虫或鸟装入苇草笼，一边笑着回答各种问题。

"戈师傅，叫哥哥吃什么呀？"

“它最喜欢吃丝瓜花，还有嫩丝瓜藤。”

“叫哥哥有等级吗？”

“小朋友，你很肯动脑筋。以翅膀分有三等：短翅、长翅、超长翅。以声音分也有三等：脆叫、亮叫、老憨子。超长翅和老憨子，是最高等级，难得一见。”

戈连营说话的时候，有大小苍蝇飞来飞去，他闪电般伸出有红疤的右手，把苍蝇抓住、捏死，从不落空，然后松开手掌，把死苍蝇喂给幼鸟吃。有时，他右手握一根小棍子，神速地把苍蝇击中，又狠又准。看着死苍蝇，他冷冷地说：“活该！”

小孩子看得惊叫不已，大人看了便知他腕力、指力和眼力的不同一般。

天快落黑时，戈连营卖完了虫、鸟，高高兴兴回家去。若是没卖完，他要先去雨湖，把虫、鸟通通放生。人问为什么？他一笑：“它有它的安身处。”

春、夏、秋三季，戈连营自然有生意可做，冬天呢？他也有绝活：造冬虫。“造”是湘地玩虫人的术语，就是人工繁育的意思。比如叫哥哥，属于秋虫。很难熬过冬天。但戈连营在入秋后捉来雌雄叫哥哥，放在铺了土的罐里，让他们交配，把卵产在土里边；入冬后，把土放在暖炕上（自己搭建的，窄而短，下面生一盆微火），每天洒点水，用棉被盖上，慢慢让幼虫从土里孵了出来；放点菜叶，有太阳时晒一晒，过几天幼虫便开始长腿长翅膀。叫哥哥前后要蜕七次壳，七天蜕一次，蜕一次便长一次，经七七四十九天长成了模样，然后开叫。于是有喜欢玩冬虫的人，就上戈家来买。

大家说：“这红疤手，怕是前世有恩于虫，虫也知道今世来报答他。”

靠着这营生，他悠然地度日，富不了，也饿不死。好心人劝他成个家，他摇头，说：“这碗饭就够一个人吃，我不能苦了别人。”

日历换了一本又一本，转眼到了一九六六年初夏，戈连营已经年过半百。

这天午后，戈连营照例在巷口边摆摊子。突然一群戴着“红卫兵”红袖筒的中学生，气势汹汹围了上来。

一个长得高高大大的小伙子，逼上前，大声说：“你卖虫供人玩，是腐蚀革命群众，你知罪吗？”

戈连营端坐着，说：“屁话，老子就卖虫了，怎么着？”

那小伙子恼了，抬起脚来要去踩踏那些竹篓子。戈连营突然站起来，扬起右手使劲儿一砍，小伙子身子一晃，倒了下去。阳光下，那个手背上的红疤，亮得扎眼。其他的红卫兵捋袖逼近，戈连营跳到摊子外边，身子一蹲，一个扫堂腿扫过去，齐刷刷倒下一圈人。他拍拍身上的灰尘，说：“我红疤手是给你们留情了，不想死的，赶快滚！”

那些红卫兵“呼”地一声散开了。

戈连营虫也不卖了，收拾行头回家去。

巷里的人为他担起心来，这祸闯大了。

果然，到黄昏时，派出所的警察、街道办事处的负责人、“红卫兵”的头头脑脑，一齐涌进了戈家小院，在口号声中，肆无忌惮地抄家。两个小时后，这群人又慌忙退了出来，静悄悄地走了。

第二天一早，戈连营照旧去捉虫捕鸟，午后照旧到巷口边去设摊。怪。

后来才断断续续知道，戈连营当年外出读书，然后去了延安，练就一身好本领，枪法好，大刀也使得精，当过侦察连连长。多次立功也多次负伤，如腰部、右脚，还有右手背上的红疤，是与敌人肉搏时留下的刀伤。当时的报纸曾多次报道过他，称他为“孤胆英雄红疤手”。他转业回家本可持有关部门开具的证明，由当地政府安排工作或领取伤残补助，他一样也不要，靠双手养活自己。

小巷中居然住着这样的人物，不显山不露水的。

“戈爷，早！上雨湖去？”

“是啊，早晨露水大。”

“戈爷，出摊啦，祝生意好。”

“谢谢吉言。”

翦 剪

转眼到了一九七一年的深冬，北风吹得白草折，雪花疏一阵密一阵，无边的森冷利若针砭。

翦剪枯坐在家中的小客厅，望着墙上的挂钟，临近子夜了。他长叹一口气，自言自语："苦寒如铁呵。"

老婆和孩子早入梦乡，他却愁得毫无睡意，且夜夜如此。一个理发师，在湘中方言中称之为"剃头匠"，既不是做官的，又不是知识分子，靠的是手上的功夫吃饭，"文革"不管怎么闹，也不会触及他的身体和灵魂。老婆问他："你有什么可愁的？"他愤愤不平地说："愁的是荒废了我的好手艺。"

翦剪已过不惑之年，是湘楚市大名鼎鼎的华佳理发馆的理发师，他又是所有理发师中的翘楚。他原先的名字是翦俭，大家都觉得"俭"和"剪"谐音，他干理发又离不开推剪、长嘴剪，何不叫"翦剪"？他粲然一笑，说："遵命。"

华佳理发馆门面气派，店堂宽敞，而且是两层。一楼是男部，专为男宾服务；二楼是女部，只为女宾剪发、烫发。它并不跻身于城中繁华的街市，而是谦逊地立于相对偏僻的湘江边，正如宋词中的句子所写：“蓦然回首，那人却在灯火阑珊处。”但它声名远播，成为人们的谈资。一是此中汇集了一批手艺精良的理发师，剃、剪、刮、洗、烫，让每个顾客从这里走出去必面目一新。二是这里坚守传统的服务质量，绝不敷衍潦草，比如给男宾理发，前后所用毛巾必是八条，女宾烫发的卷杠不少于四十五根。三是价格高，男宾无论光头、平头、西式头，理一次五角；女宾烫发，两元一位。在二十世纪五六十年代，一般理发店的价格，不过是这里的二分之一，甚至是三分之一。讲究发型的顾客视此处为首选，当然是一些有身份的人。女部尤其热闹，来的多是女官员、女学者、女演员。

翦剪先在男部供职，因为在烫发上有独到的功夫，便“更上一层楼”，从一楼的店堂调到二楼的女部。他给女宾烫发，根据头型、脸型、头发疏密、客人爱好，确定基本的发型后，然后凭借一个吹风机、一把滚刷，不用电夹、卷杠，不打发胶发蜡，靠着调节吹风的强弱和温度，再加手上滚刷弧度和方向的自如摆弄，让一丛丛的波浪卷发逐一凸现，又时髦又好看。

女宾可上这里来，也可邀约理发师上门服务，价格自然更贵一些。翦剪为人谦和，手艺精湛，叫他上门去烫发的此起彼伏。本市侨联的副主席茹纤纤，就说她这个头的烫发，只交给翦剪打理，别人她信不过。

茹纤纤的父亲是美国的资深华侨领袖和著名企业家，她在新中国成立前就到国内来读书，然后秘密加入了共产党，从事地下工作，新中国成立后安排在侨联任职。她对对外贸易业务很熟悉，人也长得漂亮，很喜欢烫发。每当翦剪上门服务，多是星期天上午，茹纤纤必让先生老陈亲手煮咖啡招待，大家一起聊聊天后，再坐到大立镜前去。茹纤纤比翦剪年长十几岁，翦剪称她为“茹大姐”，她则亲切地称他为“小翦”。

“小翦，你有绝活，‘手盘扁卷’‘空心卷’‘徒手刷波浪’‘无声吹风’，别人难及。”

“谢谢茹大姐夸奖。”

“我老了啊，头上已有星星点点的白发了。”

“你工作辛苦，要多休息。”

“本地产品的出口，只能通过广州去香港，再转运其他国家。国家穷，需要外汇，我急得上火哩。每次请你来烫发，我就特别开心。”

“我也很高兴。”

茹纤纤一个月烫一次发，从春到冬，翦剪一年十二次上门。到一九六六年初夏，茹纤纤年届花甲，退休了。翦剪也四十有三，额头上有了细细的皱纹。

有一天，一群红卫兵戴着红袖章，喊着口号，突然闯进华佳理发馆，里里外外贴满了大字报。接着又勒令不准为男宾、女宾理奇形异发和烫发，上班不许，下班后也不许。因为这是剥削阶级的享受，劳动人民不搞这一套。上门服务更是严禁，理发师不是任人使唤的奴仆。

理发馆取消了女部，烫发的项目没有了。楼上楼下只有大众化的理发、剪发和洗头，价格也与其他理发店相同。翦剪的好手艺，不需要用在烫发上了，只能为男宾打理千篇一律的发型，光头、平头、小分头，十分钟上下一个，又快又好。

茹纤纤打电话来，请翦剪上门去为她烫发。翦剪说：“茹大姐，对不起……我这里抽不开身啊，请原谅。”

“那我就上门来烫发。”

茹纤纤真的寻到这里来了，翦剪从窗口看见她的身影，赶快和同事交代几句，慌忙躲进了男卫生间。

茹纤纤问：“小翦师傅在吗？”

同事说：“他身体不舒服，上医院去了。”

茹纤纤瞪着眼睛扫了一遍店堂，然后气呼呼地走了。

翦剪心里很难过。

一眨眼五年过去了。

壁上的挂钟，清脆地敲了十二下。翦剪想：该去睡了。

大门忽然急急地敲响，翦剪心一惊，赶忙去开门。

进来的是茹纤纤的先生老陈，一头蓬乱的头发上，沾着点点雪花，不到七十岁的他显得很衰老。老陈顺手关上门，老泪哗地流了下来。

“小翦，茹纤纤患胃癌，熬了几年，快不行了。”

“啊？我应该去看看茹大姐。”

“我深夜来访，是要请你帮个忙。你知道她喜欢烫发，这几年到处没这个项目，她很伤心。她总念叨着小翦，只想你为她烫个发，再美美地告别人世。这很让你为难，但我还是硬着头皮来了。”

翦剪猛地一掌拍在胸口，满眼是泪，然后哽哽咽咽地说：“陈先生，待我收拾工具，跟你一起去，我要为茹大姐好好烫个发。只是有个请求，我不能收费。”

几天后，茹纤纤魂归道山。老陈没有通知任何人，送别的只有他和儿孙。

接着，理发馆负责人知道了翦剪为人烫发的事，严厉地处罚了他：离开店堂不再为人理发，到小锅炉间去烧开水。翦剪平淡地说：“我已无什么遗憾，当火头军并不丢人。”

到幼儿园接孙子去

六十二岁的于雷，成了“接孙友”中的一员。

什么叫“接孙友”呢？就是一起到幼儿园去接孙儿孙女的老人群体。

早晨送孩子去幼儿园，是年轻夫妇的事。白天孩子在幼儿园，吃、喝、拉、撒、玩，有老师管着；但下午是五点放学，孩子的父母还没下班，接孙子的光荣任务自然要由老人来承担。

下午四点半，于雷准时走出了康德山庄社区，到宝宝幼儿园接孙子去。

从社区门口的大牌楼，步行到幼儿园的铁栅栏门前，路长两公里上下，需要半个来小时。于雷每一步约为五十厘米，共有八千多步的样子。他是军人出身，对时间和路程特别敏感；转业后到公路局，天天和道路打交道，从科员一直干到局长再退隐回家。幼儿园是五点开门，他不能去早了，去早了就待在铁栅栏门外，难受；也不迟到，去迟了孙子待在同学相继离开的教室，会心慌。他掐算得很准，五点还差两三分钟，必定到达。

天上飘着零星的雪花，老北风的叫声很尖锐。

于雷穿着皮大衣，系着羊毛围巾，戴着灰色的绒线帽，还觉得身上冷飕飕的。

儿子、儿媳在本市城南的庆云区工作，家也安在这里。于雷老两口住在天方区，与庆云区隔着一条宽阔的湘江。有了孙子后，乡下的女亲家马上进城来侍弄，还兼带给小两口做饭炒菜，根本不要于雷夫妇操心。孙子三岁了，进了宝宝幼儿园，还是由女亲家操持家务。几天前，儿子忽然打电话来，说他的岳父在乡下跌了一跤伤了腿骨，岳母必须赶回去照料，希望爸爸妈妈住到他家来。

于夫人说："我负责做家务，你负责接孙子。"

于雷说："我好歹也当过局长，干上了接孙子的差事，让人看着笑话。"

"这里没人认识你。要不，你做家务我接孙子，退休前我是大学老师，学生多得是，我不怕人笑话。"

"还是我接孙子吧，下厨的事，我干不了。"

于雷第五次来接孙子了。比他早几步走出社区的，是两个比他年纪还大一些的老头，一个高高瘦瘦，一个矮矮胖胖。于雷和他们住在同一栋楼，只是单元不同。

走了一段路，前面的两个老头回过头来，朝于雷友好地笑了一下，于雷赶快礼貌地点点头，报之一笑。

胖老头说：“你又去接孙子？”

于雷说：“是啊。”

瘦老头说：“他姓李，我姓王，就叫我们老李老王吧。你呢？”

于雷说：“我姓于。”

“老于，我们这是第一次正面接触，算是认识了。”

于雷的脸一热，说：“认识了，认识了。”

于雷对“老于”这个称谓，真的不适应。没退休时大家叫他“于局长”，退休了则称他为“老局长”，很温馨，没有人当面叫他“老于”。他蹲下来，装着去系毛皮鞋的鞋带，让老李、老王先走，以便隔开一段距离。

五点还差两分，于雷来到宝宝幼儿园铁栅栏门前的草坪上，草坪外是一条宽敞、平坦的水泥路。早到的人真还不少，密匝匝一大片。于雷没想到老王、老李在等着他，满脸是笑。

铁栅栏门后，出现了一个粗壮的中年汉子，打开铁栅栏门上嵌着的一扇小门，大声说：“都请排好队，拿出接孙儿卡刷卡。不要插队，不要拥挤，来接孙的人人平等。”

老李说：“这个小马，与我还有点亲戚关系，当了好多年门卫了，工作认真，好！”

老王说：“没有接孙儿卡，进不了这道门。”

于雷赶忙去摸口袋，那个硬硬的磁卡居然不在。是掉了？不可能，一路上他就没掏过口袋。只可能是忘记带了，这记性！回去取卡，一去一回得一个小时，孙子怎么办？于雷的额头上，冒起了豆大的汗珠子。他说："糟了，我忘记带卡了！"

老李说："老于，别着急。我来跟小马说说。"

"谢谢。"

轮到他们要进门了。老李向小马说明情况，又让于雷拿出证件来证明自己的身份。于雷从内衣口袋里掏出工作证——原本是作废了的，但他还时刻带在身上，如同带着一个纪念物。

小马瞪着眼睛看工作证，粗眉一扬："你当过公路局的局长？"

于雷说："是的。"

小马说："这个不行，我只认卡。工作证谁知道是真是假，一旦孩子拐跑了，那就是山崩地裂的大事。"

老李说："小马，我是真的吗？"

"叔爷爷，你当然是真的。"

"我证明老于就住在康德山庄的五栋三单元。他是老人，下雪天你让他回去取卡，不是折腾人吗？出了事，我负全责。"

老王说："小马，我接孙子都两年了，你总认识我吧？"

"当然认识。"

"我也住在康德山庄五栋，我可以为老于作证。"

小马板着脸说："老于，你站到一边去，让后面的人进门。"

于雷只好走出队伍，对老李、老王说："谢谢你们！你们有卡，快进去接孙子。"

"你回去接卡？对不起，我们先进去了。"

“好。”

于雷见老王、老李进门去了，忙掏出手机，给庆云区的区长打电话。幼儿园门前这条水泥路，是他当年在计划外审批的，区长对这事一直很感激。区长接电话后，连连说：“我会打电话给区教育局局长，局长会打电话给幼儿园园长，让她把你的孙子送到幼儿园门口来。老局长，请多多包涵。”

于雷长长地松了一口气，心里说：“明天来接孙子，一定要带好接孙儿卡。否则，动静太大了。”

取　名

在潭州古城这条多弯多折的曲曲巷里，住着好几十户人家。男女老少公认最有学问的人，是南宫宇。因为巷里巷外，哪家有新生命呱呱坠地，想得到一个好名字，第一个要找的人必是南宫宇。

我和南宫宇既是湘丰小学的同事，又是隔壁的邻居，年纪也差不多，过往密切，情如伯仲之间。

南宫宇是教语文的，不高不矮的个子，不瘟不火的性子，不快不慢的语速，没什么出奇的地方。但书教得好，育人多矣。业余喜欢读书，特别是对姓名学方面的书，更是痴迷。

我曾问过南宫宇，为什么对姓名学情有独钟？他说是饱读诗书的爷爷给起的这个名字，自小让他浮想联翩。爷爷告诉他，“南宫”这个复姓，始于商朝的单姓“南”。到周朝时，南姓后裔中，有一位名阅，在鲁国任大夫之职，因住在王宫南面，乃在单姓“南”的后面加一“宫”字，姓名便变成了南宫阅。孔子的弟子中有七十二贤人，此中一位就叫南宫括。而“宇”字，小可指屋檐、住处、风度，大可指无边无际的空间，《淮南子·齐俗训》说：“往古来今谓之宙，四方上下谓之宇。”

“聂兄，‘南宫’与‘宇’连起来看，何等有趣。于是，我就几十年黏在姓名学上了，觉得没有白活。”

“南宫兄，佩服，佩服。”

因同住一条巷子，彼此有闲时，或我去他家，或他来寒舍，喝两杯小酒，聊一阵天，兴尽而返。我是教数学的，业余钻研的是古代数学的演算方法，所以我喜欢听他谈姓名学这个话题，感到很新奇。他还写过不少文章发表于报刊，如《姓·名·字·号》《唐代文人称呼排行的习俗》《宋代有关命名的禁令》等，读后如醍醐灌顶，大有收益。

从古到今，中国人的命名都有约定俗成的规矩，或与诞生者的时间和时代背景相关，或与诞生者的阴阳五行发生联系，或寄予美好的祝愿，或姓与名相映成趣。

南宫宇说：“这些规矩自然没错，但我为人起名也有规矩，其一是字形摆在一起，好看，也就易记；其二是音韵好听，平仄声搭配妥当；其三是姓与名连起来别有意味。”

“兄有别才。当年彭家生一女，你起名为彭彤影，右边都相同，女孩子名彤影，美。秋家秋天生一男孩，你顺手拿来欧阳修《秋声赋》的文题起名，音韵是平平仄，又雅又好听。车家的小子，叫车千里，姓和名连成一句话是‘车行千里’，没想到他现在真成了高铁动车司机。”

“哈哈。哈哈。”

一眨眼，南宫宇年近花甲，快退休了。他为巷里巷外的孩子取过多少名？他也记不清了。但知道此中的一些孩子，或上大学了，或参加工作了。

南宫宇的独生子，取名为南宫西席。“西席”是教师的美称，南宫宇原希望子承父业，大学毕业后也去当一名教师，可儿子不愿意，去了一家外资企业。儿子又不肯早点结婚，说要多自由几年，直到三十一岁，才与本单位的一个女孩子喜结连理，眼下南宫西席已三十有三了。

秋风飒飒的星期日下午，南宫宇喜气洋洋来到我家。我忙温好一壶黄酒，备上几碟凉菜。

三杯酒下肚后，南宫宇说：“儿媳妇告诉老妻，说她怀上孩子了！”

“南宫兄，恭喜，恭喜。你望孙望得眼欲穿，小两口请你为孩子取名了吗？”

“还没有。”

“他们没说，你得提前准备。”

“是啊，是啊，而且要准备两个名字，男孙女孙各一个。不管生男生女，我都有好名字备着。”

“我相信你已经想好了，可否一示？我会替你保密的，不到那一天不解密。”

南宫宇又灌下一杯酒，双眼放光，缓缓说：“如果是男孙，叫南宫旭；如果是孙女，则称南宫月。”

我一听，连连喊“好”。

“南宫兄，这名字既有阴阳之别，而姓与名连起来看，又具诗情画意。旭日照南宫或南宫月明中，几多美！”

“谢聂兄谬奖！”

时光如矢，纷纷而去。一眨眼，到了第二年盛夏。

南宫宇家传出喜讯，这个儿媳妇太给力了，居然生下了双胞胎，而且是龙凤胎——一男一女。

我为南宫宇感到由衷的高兴，他为男孙女孙准备的两个名字都用上了！

按曲曲巷的老规矩，孩子满月了，主家是要办“满月酒”的，让大家热热闹闹吃一顿。

南宫宇家没有任何动静。

我急匆匆去叩访南宫宇，还没开口，他满脸悲戚地说：“聂兄，我给孙儿孙女起的名字，儿子、儿媳都不用。他们请教堂的牧师去取名，一个叫南宫汉斯，一个叫南宫丽娅。呸，什么名字！还说洋气。这‘满月酒’能办吗？我这老脸都没处搁了。”

我愣住了，然后赶快拱手道别回家。

包大厨

株洲城公营、私营的饭店、酒楼，最有口碑的是河西神龙广场边的神农湘菜馆，四千多种湘菜中的三百多个名品，早已名声远播。神农湘菜馆的厨房掌门人为包炙燔，又是厨业中的翘楚，人称“包大厨”。

这个“包大厨”有两层含义，其一是他姓包，是一位名副其实的大厨师；其二是厨房里的所有活计，他没有不会的，可以通通包揽下来，手下的几十个厨师、伙计，没有人敢跟他叫板。

包炙燔对他的姓名，也有说道：“我姓名这三个字，是传统烹饪手法中的三种：一曰炮，这个‘炮’读音为‘包’，原指在禽畜外裹涂泥巴后放到火上或火中去烧，后来把鱼肉等用油在急火上炒熟也叫‘炮’。‘炙’‘燔’都是烤、烧的方法，古人说：‘燔者火烧之名，炙者远火之称。以难熟者近火，易熟者远之。’”

有识文断字的人听了，很佩服，说：“包大厨，你不愧是厨业世家出身。你肯读书肯钻研，堪称儒厨！”

包大厨确实喜欢读书，尤爱读与饮食有关的书，古代的、现代的，逮着了就读得津津有味，如《随园食单》《闲情偶寄》《食宪鸿秘》《随息居饮食谱》《祖庵菜说荟》等。他读书是为了用书，在烟熏火烤中执勺掌锅，细细体会此中妙处，创造出不少别有风味的湘菜品种，如“麻辣仔鸡”“脆皮糯米鸭”“叉烧湘江鳜鱼”“焦炸鳅鱼”“油焖火焙鱼”“炸素螃蟹”……在本省的“湘菜厨艺大赛”中，他好几次拔得头筹。

当厨师的大多体量高大，包大厨也不例外，身高一米八，肩宽膀圆，还蓄着个光头。一般人认为这是因为吃多了佳肴美馔，营养过剩。包大厨说：“屁话！我这厨师真还吃得少，忙完了，口味也没有了。”

包大厨说的是实话，他制作的每样菜要出锅了，不过夹一点或舀一点儿尝尝，以免出什么差错。待到厅堂里的客人走了，厨房才开始用餐。包大厨累了，却又感到五脏六腑里全是油烟味、菜肴香，又饱又腻，味觉都麻痹了。于是，他倒上二两白酒，佐酒物就是一小碟蔬菜一小碟生花生米，然后再吃一小碗白米饭。他曾对同事说：“我这辈子都是侍候人家好吃好喝，等我退休了，我要在全城各个店子去吃好饭好菜，也让别人来侍候我，要不，真觉得有点亏。”

第一个举双手赞成的是包大厨的老婆许小琳。许小琳和他同年生人，是个财贸中专学校的老师。她说：“我是你老婆，又叫作堂客。你天天忙着侍候湘菜馆的客人，就没为我这堂上客炒过几回菜。现在你退休了，带着我去吃馆子，听你讲讲每道菜是如何做出来的，几多好。”

“我一旦离开厨房，味觉也恢复了。先让我独个儿去侦察，再请你去，行不行？”

“行。”

那些大酒楼、大饭店，包大厨不去，他太熟悉了。去的是城中一些有特色的中、小店子，或者是郊外的乡村餐馆，他惊叹民间厨艺有高手。

这天中午，包大厨领着老婆去了一条僻静小街，走进一家叫“等你来”的小饭馆。门脸小，店堂小，就能摆四张小桌子。他们在里端的一张小桌子边坐下来。

“包大厨，来这里吃什么？”许小琳轻声问。

“这是个夫妻店，男的主厨，女的跑堂兼收钱。有一道菜不错，叫虾蛋烧茄子。我们一人一大份，我喝酒，你吃饭。”

包大厨一招手，一个中年女子赶快跑过来。“你是第二次来，谢谢。上次你点了四个菜，这次呢？”

“两个大份虾蛋炒茄子、二两白酒、一碗米饭。”

中年女子点点头，转过脸，朝里面的厨房喊道：“虾蛋炒茄子，两个大份——”

“上次你一个人点四个菜，我来了怎么只点一个菜？”

“只这个菜是上品。”

“虾子有蛋吗？”

“虾蛋是河虾去脚去须剥壳，形如细圆的蛋，故名。我知道你要问怎么做了？听我细讲。主料是新鲜的白茄子，配料是虾蛋、大蒜子，调料是花生油、料酒、盐、酱油、味精、膏汤、湿淀粉、葱、姜、香油。先将茄子去蒂、削皮，切成条。蒜子去蒂去皮后拍烂剁成小粒，葱、姜切丝切丁。先用膏汤、盐、酱油、味精、香油、湿淀粉和葱丝兑成汁。将花生油浇到滚沸，下茄条炸到呈金黄色，倒入漏斗滤油，锅内留油少许，下入姜、葱炒几下，再将茄子条和虾蛋倒进锅里，冲入兑汁，稍稍簸炒，就大功告成。”

“这不难呀。”

“难的是掌握火候。”

就这样许小琳跟着丈夫，吃了好多道有滋有味的菜，也听了好多道菜的制作方法。荤的、素的、干的、湿的，烧、煎、炒、炸、蒸、煮。这日子太有意思了。

“包大厨呀，我现在才觉得做你的老婆不冤。”

“我呢，也觉得不要动手，只张口吃的感觉妙不可言。”

“你是讽刺我吧？”

“不敢。是我退休后的切身体会。”

入秋了，大雁南飞，湘江澄碧。

许小琳对丈夫说，她想请几个闺蜜吃个饭，让丈夫找个安静的店子点几个特色菜。

“什么闺蜜，酸！不就是几个老娘们吗？我找个不大不小的店子‘江南忆’，才不丢你的脸。客人四个，加我们共六人，点六道菜：白汁鳜鱼、杏仁鹌鹑片、钩吊香肉、锅贴火腿、软炸桃仁鸡卷、茄汁菊花荸荠。怎么样？”

“同意。”

这个店子在栗雨湖边，风景很好，满眼都是红的枫叶、黄的菊花。

他们在二楼的“千秋岁”包厢坐下来。

三个女人一台戏，何况是五个女人，闹喳喳的。

“小琳叫你包大厨，我们是姐妹，也跟着这样叫，你没意见吧？”

“她手机上的微信照片，总是发来，让我们忌妒。吃就吃吧，还让我们看着吃。”

“今天总算让她把我们带来了，包大厨肯定不会让我们失望。”

包大厨只是笑，根本没有他说话的空隙。许小琳很得意，这回在闺蜜面前露大脸了。

六道菜依次上来。玻璃杯里分别酙上了红酒和白酒。

包大厨说：“各位少安毋躁。我先每道菜品尝一下，看做得怎么样。”他拿起筷子，一道一道菜品尝过去。品尝完，他突然放下筷子，对站在包厢外的服务员喊道：“去把你们老板叫来！”

一桌的人都大吃一惊，不知道出了什么事。

不一会儿，矮矮胖胖的老板快步走进来，问：“客人有什么吩咐？”

包大厨说：“主厨的大师傅换了？这菜不是他做的，不是上次那个味道。”

老板忙赔上笑脸，说：“主厨的家里有急事，请假回家去了。这菜是他徒弟做的，请多包涵。”

“这功夫不到火候呢。这六道菜我买单，先撤下去。厨房里还有备料吗？”

“有。”

“那好，我下厨再去做这六道菜，单照样买。请带我去厨房！”

当六道菜进入包厢，包大厨也进来了。

“你们尝尝，这才叫手艺！”

许小琳说：“你辛苦了。你总是忘不了你的大厨身份，又情不自禁地来侍候我们了。”

包大厨一愣，随即嗬嗬地笑了。

他慢慢地喝着白酒，看着她们狼吞虎咽，觉得自己又饱又腻，什么口味也没有了。

飞龙烟嘴儿

在偏远的响石乡鄢家村，外号叫“烟杆子”的鄢大秋，从花甲年开始，时来运转，扬眉吐气过了十几年好日子。由一个不被人正眼看一下的角色，成了众目睽睽的焦点。他真的得意忘形了，做梦都会打哈哈。

不是因为他身怀绝技，不是因为他家富甲一方，也不是因为他的独生子在城里开了一个杂货铺，生意红火，而是因为他有一个人见人羡的旱烟袋！

君山湘妃竹做的烟杆子，尺把长，上面缀满黑里透红的斑点；红铜打制的烟锅，温润如玉；烟嘴是琥珀的，深烟色，半透明，里面有一条小小的飞龙，龙头、龙身、龙尾、龙鳞、龙爪，活灵活现。更奇巧的是，一旦点着烟锅里的烟丝，狠狠吸几口后，再看烟嘴儿，里面便有云来雾往，龙头动，龙爪也动。

这真是个稀世之宝。是鄢大秋六十岁时，儿子鄢小宝为他贺寿，除送了个万元红包封外，还送了他这杆“烟枪”。

“爹，你一辈子没什么爱好，就喜欢抽烟，送你一个旱烟袋。”

“旱烟袋，我有。”

“这不同，你一抽烟，烟嘴儿里的飞龙会腾云驾雾。是我托人从外省的一个古玩市场买来的，四乡八邻你是独一份。”

“哦。那我要了！”

这十年啊，鄢大秋只要一有闲，便是抽烟，抽几口后就眯起眼睛看飞龙张牙舞爪；只要有人要看看旱烟袋，要过过烟瘾抽几口烟，他都慷慨应允。

“鄢家大爹，这龙怎么会动？”

鄢大秋仰天大笑：“我也搞不明白。”

“鄢家大爹，这烟丝金黄金黄，上等品。”

“当然。我儿子保证充足的供应，你尽管抽。”

最让鄢大秋高兴的，是和他屋挨屋的远房堂兄鄢大夏，在他面前变得恭谨起来，说话的声调也低了，满脸是讨好的笑。

“大秋老弟，让我抽几口，再看看飞龙在天，好吗？”

“这飞龙有什么看头？”

“看了沾沾福气。你天天把龙含在嘴里，福比天大哩。”

“哈哈，哈哈。”

在鄢家村，鄢大夏历来是个受尊敬的角色，他生得武高武大，浑身有使不完的力气，田里的功夫样样精通，犁、耙、插、割，又快又好。这样的角色，乡下称为“田把式”，又称“作家”——作田的行家里手。鄢大夏最看不起的是鄢大秋：人单瘦如烟杆子，力气也不足，田里的功夫做得粗糙，掌犁，垄沟不直；插秧，行距不匀；扮禾，气喘吁吁。还特别爱抽烟，不抽就咳嗽，一抽就眼发亮。

当鄢大秋口叼飞龙烟嘴儿，在村子里进进出出，再没人叫他“烟杆子”了。男女老少口里不说心里却在问：这龙怎么会动？又长又大的龙怎么会钻进琥珀里？那是龙的魂吧？

更奇怪的是五年前夏秋大旱，六十天没下雨。闲得无聊的鄢大秋在午饭后，大声对老婆说：“我撑饱了，到田埂上去走走。院里晒了做干菜用的豆角，一下雨，要赶快收。”老婆没理他，这不是说梦话吗？

鄢大秋的话，也让隔壁的鄢大夏听见了，不由得嘴角冷冷一笑。

鄢大秋在田埂上走走、停停、看看，不停地抽烟，闲得像神仙一样。一个小时后，天阴下来，黑云翻滚，接着又是打雷又是下雨。鄢大秋不慌不忙地走回来，一身淋得透湿。

鄢大夏赶忙迎上去，笑着说：“大秋弟，借你烟袋抽口烟，好吗？”

“给！”

七十二岁的鄢大秋，因肺癌晚期，很满足地驾鹤西去。正是三九隆冬，漫天皆白。

灵堂就设在自家的堂屋里。

鄢小宝携家前来奔丧。

这天子夜过后，风狂雪猛。鄢小宝和母亲坐在木炭火盆边守灵。

大门忽被推开，鄢大夏踉踉跄跄走进来，一直到鄢大秋的遗像前，三鞠躬后，号啕痛哭。

鄢小宝赶快上前扶住他。

“大伯，谢谢你。”

“贤侄，我和你爹做兄弟做邻居几十年，情深意长。想不到他先我而去，怎不让我痛断肝肠！你爹用过的旱烟袋给我吧，我想留下个念想……”

“好的。”

鄢小宝走到灵桌边，把摆放在遗像前的旱烟袋拿起来，转身双手交给鄢大夏。

鄢大夏连称“谢谢”，然后离开了灵堂。

送走了鄢大夏，关好大门，鄢小宝又坐到火盆边。

“这么好的东西，他也敢开口要。”母亲说。

“妈，给他吧，那不过是个高仿的工艺品。爹用它，高兴了这么多年，值。大伯用它，也会让人羡慕的。一个东西被神化了，不由人不相信。”

母亲听不懂儿子的话，连连叹气。她看了看墙上的挂钟，五点了。

“妈，你去睡一会吧。这时候，天最暗也最冷。”

“不。我和你一起守着你爹。”

车行健

在这个上千人的红星轴承厂，二十二岁的车行健，忽然觉得自己是个不入流的角色，憋屈得难受。憋屈归憋屈，脸上还得带着笑，热情接待前来修车和取车的工友们。

“小车，前轮钢圈不正了，请调一调！”

“好嘞。”

“车师傅，后轮钢圈上断钢丝了，换两根结实的。”

“放心吧，下班来取就是。”

车主放下要修理的自行车，男式的，女式的，“永久”“飞鸽”“北京”“韶山”，什么牌子的都有，潇潇洒洒地走了。厂门后一侧的这间简陋的修车房里，就剩下了车行健和他的影子。他狠狠地吐了口唾沫，把手上的扳手往钳工桌上一丢，骂了一句：“马子飞，你狗眼看人低！”

马子飞是轴承厂的厂长，四十岁出头，早几年从部队转业回来的。他做报告一开头必说：“我们工人阶级是领导阶级。”

车行健是马子飞特招进厂的。

轴承厂是一九五九年新建的一个厂，厂址在株洲城的郊外，地名叫枫溪坳，厂外周围的山丘上长满了枫树，一到秋天，红叶艳得耀眼。那时节，除了城里的主要干道有公交车外，通向郊外的线路还无暇顾及。轴承厂也不可能购置大型客车，接送住在城里上班下班的工人。最便捷的交通工具，是私人拥有自行车。轴承厂的领导，也不可能配备小车，他们与工友一样，骑自行车上下班。

自行车坏了，得有人修，要不会影响上班和下班。于是，马子飞从善如流，特招来修车熟练的车行健专干这种活。

车行健的爹原是设摊在街道旁修自行车的，车行健初中毕业后不再上学，顺理成章子承父业。街道成立修车铺，收编了这父子，除提供一间铺面外，什么待遇也没有，当然也不必上缴什么费用。车行健问爹："我们是个什么身份呢？"爹一笑："自由职业者。难得的是自由，自己赚钱自己花，没人管。"

一天，马子飞忽然来到修车铺，找车行健谈话，问他愿不愿意到轴承厂去当正式工人，进厂就是二级工，每月工资三十五元。车行健望了望爹，爹说："这钱太少了，还不自由。"

马子飞说："小车，你一进厂就进入工人阶级队伍了，工人阶级是领导阶级，毛主席是最看重我们的。"车行健激动起来，大声说："我去！"

车行健一九六一年春进厂，一眨眼就到了一九六四年的秋天。

轴承厂有几十个工种，车、钳、刨、铣、电、焊、钻、锻、铸、仪表、冷作……这修自行车的，哪一类都挨不上；车间也有十几个，放到哪个车间都不适合。于是，车行健的编制放在厂里的后勤科，烧开水送开水的、食堂里炒菜煮饭的、幼儿园、托儿所的阿姨、阿奶，都隶属于斯。车行健的工作场地，是在厂门后一侧，搭一个简陋的木板房，里面放着钳工桌、工具柜、材料箱，什么老虎钳、小锻炉、电焊枪、榔头、扳手、剪丝钳、三角刮刀、锉刀，一应俱全。

论人缘关系，车行健口碑好。车主一年四季骑车，风里来雨里去，车胎被扎了漏气，龙头被撞歪了把握不稳，车叉不正，钢圈不圆，钢丝折断，刹车片磨损……出什么毛病的都有，找谁？找独一份的车行健。何况，修车、配零件一概不收费，等于是一种福利。何况，车行健是修车里手，技术好，态度也好。

工友中不乏爱占小便宜的人，有的先在家里卸下几根好好的钢丝，说断了，要换新的；有的在家先安上报废的刹车片，请他把新的安上。车行健一看就知道是怎么回事，但他不说穿，只是用手指敲敲车架，装着沉思的样子。车主马上抽出两根香烟，递到他手上，说："辛苦车师傅了，来个双烟提神。"他把烟放进口袋里，说："我会尽力的，放心。"

进厂这几年，车行健真的很快活。"工人阶级"这个称号，让他走路都会不自觉地昂起头挺起胸。每月工资不高，他不在乎。

但他没想到三年困难时期过后的第一次升工资，他还算不上是真正的工人阶级！早几天，马子飞召集各部门负责人开会，讨论各部门升工资的名额。当讨论到车行健时，大家一致赞同可由二级工升为三级工。马子飞摇头如拨浪鼓，说："他一直不在车间干活，不过是一个修车的，算不上真正的产业工人；他又是一个人单干，和街上摆摊的小市民差不多。而且，市民习气还重，人家占公家的便宜，递两支烟给他，他就什么也不管了。这种做派，不是工人阶级的。"

有人悄悄地把马子飞的话告诉了车行健。

升工资人员的红榜，过几天就要挂出来了。

这天上午，马子飞推着一辆"飞鸽"自行车进了修车房。"小车，麻烦你补补前后胎，谁缺德用锥子扎了好几个眼儿。下午三时，我要去市政府开会哩。"

"好好好！"

下午，马子飞提早一个小时去修车房取车。大门敞开着，门扇上用两颗铁钉钉着车行健的病休条。病休条是厂医务室开出的，上写："三角刮刀伤右手大拇指、中指，伤口深，流血多，暂休三日。"他的自行车搁在一边，胎没来得及补。还有十几辆自行车，横放竖摆，蔫头蔫脑的样子。他下午去开会，可以去找人借辆车。而车主们下班回家没车骑，那会吵翻天的。何况这个车行健一口气要休三天，三天后手若没好，还得休！江湖上把这叫请"霸王假"，真刀真血，你奈何不了他。

马子飞心里明白是怎么一回事，决定晚上去登门拜访，和车行健好好谈一谈，看他有什么合理要求。

三天后，车行健右手缠着纱布，从从容容到修车行上班了。他的编制从后勤科转到了维修车间，工种是“维修钳工”，升的工资级别是“维修钳工三级”。这就是说，他为自己正名了。车行健特意买了两包“红双喜”香烟，车主送车来修，他马上递烟。他真的很高兴。

二十年，弹指一挥间。车行健结婚了，生孩子了，孩子上大学了。1984 年秋，满山枫叶正红，轴承厂因连年亏损，关门大吉。干部、工人拿了一份菲薄的下岗补助金，回家。离开国有企业的产业工人，不像农民有田有土有房，可以安然度日，惶惶然成了真正的无产阶级。四十二岁的车行健，愁得眉毛打了结。

爹笑吟吟地拿出历年来的存款十万元，交给车行健，说：“儿子，我替你想好了，我们来办个车行，既修自行车，又出租自行车游三街六巷，租车每小时十元，保证生意红火。”

“爹，谢谢你。山不转水转，我又回到原地方了。车行叫个什么名字呢？”

“就叫‘车行健’吧。”

车行健突然呜呜哭了起来。

比　邻

仲夏时节，五点钟的样子，天就露出了鱼肚色。

七十岁的常惠生，赶忙下床，他的妻子问道：“你到哪里去？”

“到德山家去看看。”

“德山被他儿子接到城里治病去了，那座房子空空的，有什么看头？”

“他临走前把钥匙交给了我，我去开开门，让房子透透气。说不定哪天他就回来了，还来和我们做邻居。”

常惠生从枕头下摸出钥匙，小心地掂了掂，然后塞到口袋里。这一串钥匙可以打开尹家的大门、卧室门、仓库门……不是亲如一家人，不会对他这么信任。他走出卧室，穿过堂屋，再打开自家的大门，跨过高高的门槛，站在台阶上，便望见了几百米开外的尹家老屋。当然，只能望见那栋老屋上部的风火墙、晒楼、青瓦屋脊，高高低低的杉树、南竹、马尾松、槐树密密匝匝，如绿纬翠幛。再看看自家的房前屋后，也是林涛起伏。到处是浏亮的鸟鸣声，和飞掠而过的翅影，不经意间震落了树枝树叶上的露珠，发出沙沙的碎响。

常惠生突然觉得眼睛有些润湿，喃喃地说：“德山呀，我在这里等你回来。”

他走下台阶，沿着一条被林荫遮蔽的小路，朝尹家老屋走去。

这个村有三四十户人家，住得很分散，到处是半裸半掩的土石山丘和坡地，稀稀拉拉地只长矮小的杂树、荆棘和野草。常家和尹家住的这一面坡地，原叫秃毛坡，但现在却有了成片的树林，还有了许多自开自谢的野花。常惠生的儿子常凯是个农民企业家，先在城里经营农副产品市场，早几年回到老家创建农业科技园，事业红红火火。他的科技园就在坡下的小河边，呼啦啦沿河排开几百亩地，瓜果蔬菜全是早熟、高产、优质品种。他不喜欢秃毛坡这个名字，遂改名为锦绣坡，单位则称之为“湘楚锦绣坡农业科技园”。

常惠生曾对儿子说：“这面坡是我家和尹家共有的宅基地和自留山，你改名问过他吗？”

儿子说：“问他做什么？他肯定会同意的。这几十年，你们二老对尹家施惠多多，他报过什么恩？”

“混账东西！有你这样说话的吗？就算我们帮过人家一点小忙，老想着人家怎么回报，那么原本的动机就歪了。”

儿子赶忙说：“爹骂得对，我……再不乱说了。”

常惠生缓缓地走在小路上，不时地见到带露的枝叶横到路中来，他像小孩子一样，用手轻轻拈住枝叶放到嘴边，去舔晶亮的露珠，舌尖似乎有了一点甜味。他和尹德山同年，两家人的上一辈子就是邻居，童年时他们清晨相邀去远处砍柴，见到枝叶上的露珠，也是这样去舔，比谁舔得多舔得快。

常惠生忍不住哈哈大笑。

后来，他们都成家了，又都有了孩子。

这块地方除从土里刨食之外，没有任何门路可以赚到活钱，日子过得实在艰难。常惠生除了种田种菜，当过草药郎中的外公教了他几招治病、采药的功夫，所以他家的日子过得稍稍舒坦。

尹德山个子瘦小，还有哮喘病，从土里刨食都不是个好把式。老天又对他格外不公，儿子尹忠三岁时，妻子患急病突然辞世，常惠生拿钱买棺木，帮着他把丧事办完。尹忠十岁时得急性阑尾炎，又是常惠生催促尹德山连夜轮流背着尹忠赶往几十里路外的镇医院，并代交了医药费，这才保住了尹家的这条根。尹忠读初中、高中、大学时，常惠生不时地资助学费……

村里人常在背后议论："尹德山得常家的恩惠太多了，这辈子是还不起了。""老实巴交的尹德山还木讷少言，多说几句感谢话都不会，只知道年年月月做完田里的活计，就是在秃毛坡栽树、护树！"

常惠生从不认为邻里之间相互帮个忙，是什么了不得的事，为什么一定要人家念念不忘。当尹忠大学毕业后当了中学教师，每次回家探亲，必登门叩谢送上一份礼物，常惠生执意不收。当尹忠当上中学校长，经济宽裕了，一定要归还历年来的欠款时，常惠生说：“你爹记的账，我不认，是他记错了。”但这满坡的绿意和清凉，悦目清心，常惠生却不能拒绝。常凯曾问他这树将来属于谁，他说当然属于种树人，常凯冷冷一笑：“种在我家地界上的，自有法律去公断。”在这一刻，常惠生恨不得给儿子一个耳光！

终于到了尹家老屋前，常惠生掏出钥匙打开大门的牛鼻子铜锁，也不急着进去，在高门槛上坐下来，点着一支烟，慢慢地抽。

尹德山去城里治病，一眨眼就十天了，是他打手机让儿子尹忠开车接去的。临别时，他对常惠生说：“我的心脏病有日子了，怕耽误儿子的工作，又舍不得你常大哥，一直没言语，现在看来是拖不下去了。这串钥匙就交给你了，让老屋不长霉不生虫。我会……回来的……”

仿佛尹德山真的回来了，也坐在门槛上。他们平日里相互走动时，就喜欢坐在门槛上抽烟、聊天。

风吹满坡树叶，沙啦啦地响，就像他们高高低低的说话声。

常惠生抽完了烟，起身进了堂屋，打开卧室门，进去后再打开朝南的窗户，屋里顿时明亮起来。床、柜、桌子、板凳，老旧得很。墙上挂着几个大镜框，里面嵌着用毛笔字写的红纸。他走过去一看，分明记着常家资助过尹家的一项项钱款。字很漂亮，应是尹忠的手笔。他叹了一口气，说：“德山啊，你老记着这些干什么。”

走出卧室，他又去打开仓库门、杂物间门、厨房门，再回到大门前，坐在门槛上。风从大门灌进去，又去拜访一个个的房间，去触摸家具、农具、厨具，细润无声。

谁也没想到，夏至后，一场百年不遇的大雨骤然而来，下得昏天黑地，一连下了五天五夜。山洪暴发，山体滑坡，不少人家的房子被夷为平地，还死了人。只有秃毛坡因树木多而密且扎根深，居然岿然不动，常家和尹家的房子毫发无伤。特别是坡下的科技园，因排水系统好，安然度过这一劫。

常惠生对全家人说："你们不是说尹家没有回报我们吗？德山几十年栽树、护树，不言不语地护佑我们，唉！"

常凯低下了头。

常惠生马上打手机给尹德山，没有回应。再打给尹忠，手机里传来了哭声。这才知道，在最后一个风雨之夜，尹德山在医院溘然而逝。临死前，他交代儿子：不要盒子，就把骨灰埋在自家屋后的一棵樟树下；老屋用来安置失去住所的乡亲；满坡的树都归属常家。

常惠生忍不住大哭起来。

别墅院的菜园子

花甲出头的秋满仓夫妇，终于高高兴兴地在儿子家住了下来，再不嚷嚷着要回乡下的老家去了。

这个住宅区，有个很好听的名字：现代公园。它占地面积大，有山有水有田畴有树林，大道小径井然有序，四时风光各有不同，确实像公园。公园里，全是散落在各处的别墅院，各家有各家的一圈围墙，里面除精致的小楼之外，还有游泳池、芳草地、花圃。

秋家的院子，门牌号“A8”。一次性付款，优惠价是八百万元。

儿子刚买下别墅时，秋满仓惊得一块脸都白了，问：“秋金富，你哪里发的横财？”

儿媳宦静静是大学中文系的副教授，说：“爹，他早改名了，是我的建议，叫秋声赋。你别叫他小名了，俗。”

“秋金富是我给他起的大名，秋来稻菽金黄一片，才是真正的财富。我叫秋满仓，不是更俗了？”

宦静静被噎得再不敢说话。

秋声赋说："这钱来路正，我创办冶炼厂十多年，是用汗水和智慧赚来的。"

"那就好。我只叫你秋金富。"

"爹，你一叫我就应。"

隔一段日子，秋满仓夫妇会从乡下坐长途汽车来，一是看看他们的宝贝孙女秋丽丽；二是送来自家种的瓜果蔬菜。当天来当天回去，连住一宿也不肯。

秋声赋问："这是为什么？"

爹说："看着一院子的好土地，都栽着中看不中用的花花草草，心里憋得慌。"

娘说："住在这里无所事事，闲得骨头发酸。"

秋声赋渐渐地有心思了，愁得眉毛打结。他是有头有脸的企业家，又是独子，妻子是为人师表的大学老师，他们住别墅院，却把爹娘抛在乡下朝耕夕耘，不是让人看笑话吗？

秋声赋对妻子说："别人会说我不孝，会说你不贤惠，传到女儿的学校里，同学会怎么看她？可爹娘不肯来，怎么办？"

妻子说："他们是劳动惯了的人，一闲就病了。我们先请人来，把北墙边的花草拔去，平整出几块菜地。再开车去接他们，说我们的女儿丽丽最喜欢吃他们种的蔬菜。把乡下的房屋、田土，找个亲戚代管，我们悄悄付工钱就是。"

"这个办法行吗？"

"他们就疼爱孙女，一说就灵。"

果然，秋满仓夫妇在一个春天的日子，儿子开车把他们接来了。还带来了工具，锄、钯、粪桶、尿勺，以及各种各样的菜秧子。

秋声赋两口子下厨，做了一顿好饭菜，特意打开一瓶“茅台”酒，为爹娘接风洗尘。

“爹，娘，我和静静先敬你们一杯酒。”

“好，好，我们高兴。”

吃喝间，秋满仓问孙女：“你真的喜欢吃爷爷奶奶种的蔬菜？”

“真的喜欢。”

“我们种蔬菜，不用化肥、农药，孙女吃了，一定身体好。”

“谢谢爷爷奶奶。”

秋满仓又问儿子、儿媳：“栽什么菜？栽多少？你们有什么想法？”

秋声赋说：“这个院子就是你们的，想怎么弄就怎么弄，只要二老高兴。静静，你说呢？”

宦静静连忙说：“正如孔子说的：我不识园圃。二老是行家，只是不要累狠了。”

一眨眼，几个月过去了。

秋满仓夫妇真的有了回家的感觉。

北墙角上，挖了一个沤烂菜叶、杂草根的水凼，还埋了一个盖了盖子的粪缸。先是开出挨北墙的几大块菜土，种下小白菜、韭菜、菠菜、苋菜、蕹菜。接着，菜土向南扩展，花花草草都拔掉了，栽下丝瓜秧、冬瓜秧、南瓜秧、扁豆秧，还树起了支架、瓜棚。

斗笠、蓑衣、草帽、草鞋、粗布衣褂，他们劳作在风雨中、阳光下，淋菜、锄草、捉虫、摘菜。整整一个白天，都属于他们。儿子一家吃过早饭出门，要到傍晚才回来吃晚饭。

有一天夜里，秋声赋来他们卧室请安。

秋满仓问："你不是说，他们母女吃过晚饭后，要在园子里散步，怎么好久不见出来了？窗子也关得紧紧的。"

"他们这段日子有点累，就不散步了。爹，这个……这个淋菜，不用人粪人尿行不行！"

"那怎么行！"

"哦，我不过说说而已。你们种的菜，真的新鲜可口，辛苦二老了。"

第二天吃过早饭，二老发现儿媳和孙女走出餐厅时，赶快戴上了口罩，匆匆走向停在院门边的小车。儿子虽没戴口罩，却用手帕捂在嘴、鼻上。

学校放暑假了。宦静静特意告诉二老，她要带丽丽去旅游，先国内再国外，大概有一个多月。她们旅游回家后，住了几天，秋季开学了。因丽丽进入了小学六年级，还有一年就要读初中了，谁不想考入本地最好的中学呢？宦静静又抱歉地告诉二老，她让秋声赋在小学附近买了一套房子，为的是让丽丽免除上学放学奔波的辛苦，集中精力把成绩搞上去，她下班后也住到那里去陪读。

秋满仓问：“金富，你也去陪读吗？”

“我不去，我住在这里陪爹娘。”

秋风紧，秋气深。

豆架瓜棚上的瓜豆都收完了，菜地里的蔬菜也摘光了，秋满仓让儿子单位的食堂开车来运走，给员工们去享用。然后把院门和小楼的钥匙交给司机，请他转交儿子。

他们该回乡下的老家去了。

下午茶

在这个酷热的三伏天下午，火辣辣的太阳晒得到处生烟。焦躁的劳乐开车来到湘楚茶文化研究所，然后从车里窜出来，直奔这栋小楼的三楼，敲开了言默工作室的门。

“对不起，不速之客来了！”

“你什么时候来，我言默都扫榻以迎。”

汗透了短袖T恤衫的劳乐，一边掏出手帕揩着头上的汗水，一边说：“麻烦兄开一下空调吧。你比我胖，穿着长袖衬衫，只持一把折扇，居然不出汗，怪事。”

言默微微一笑说：“因为你心里牵挂的事多，闲也闲不下来。闲可生静，静可生凉。”

“此语可入清人张潮的《幽梦影》。我着急啊，管着一个几百人的企业，质量、产量、销售、人事，哪桩事我不过问？可我劳而无乐，招人厌，上午有好几个高层领导，向我递了辞呈。”

言默摆了摆手，说：“不说这些，你是来喝茶的，快入座。

我先开空调，再烧水沏茶，你少安毋躁。”

言默把空调打开了，凉气嗖嗖漫向每个角落；又将电热壶上满了水，一摁开关，便发出嘶嘶的声音；再打开柜子，寻出一把不大不小的白瓷茶壶，舀入几大勺安化出产的贡尖黑茶；再找出两个白瓷小碗，横搁在茶几上。言默这才在茶桌边坐下来，也不说话，目光安详地投向烧水的电热壶。

一切都归于一个“静”字。

他们自小是邻居，又是小学、初中、高中的同学，大学同校只是不同系，可谓知之甚深。一眨眼，他们都过了不惑之年，劳乐是自办的华威电机厂的厂长，言默是茶文化研究所的副所长，正研究员。虽同在一个城市，他们彼此走动并不多，是真格的君子之交淡如水。平日各忙各的，偶尔打个电话，发个短信，寥寥数语而已。但劳乐一旦有了烦心事，就会寻到这里来，好好地和言默喝一阵茶，彼此也不多说话，然后告辞。

每次出门时，言默必歉意地说：“劳乐兄，喝好了吗？我说话少，海涵。”

劳乐开心地说：“喝了一杯的宁静，够了，值了。”

电热壶的水，烧开了。

言默摁下开关，在一个白瓷水盂里放入白瓷小碗，提起电热壶倒水，细细地烫一遍，再用一块白绢子拭净碗里碗外。然后，他从容地把开水注入放了茶叶的白瓷壶，说：“这是散叶贡尖黑茶，不是中下档的黑茶砖，所以第一遍水不必倒掉不用。过下子你试试，微苦中的回甘，妙不可言。”

言默拿起一个小瓷碗递给劳乐，自己也端起另一个小茶碗。

劳乐接过小茶碗，这才发现它不是平底，底部是尖锥形的，这种茶具他是第一次看到。

“这是瓷厂新研制的品种，名叫‘放下’。”

“怎么放下？它放得下吗？”

“你就放在手上。”

白瓷壶里的茶叶闷了一阵，香气飘袅出来，很好闻。

“劳乐兄，用手端好碗，我给你斟茶了。”

言默给劳乐碗里斟满了茶，再给自己斟了一碗。茶碗的壁很厚，并不烫手。

“请试茶，劳乐兄。”

“言默兄，谢谢。”

“怎么样？”

“只知道说一个字：好。”

“酒须豪饮，茶须静品。我们就于无声处慢啜茶吧。”

“遵命。”

白瓷壶里的水续了一次又一次，白瓷碗里的茶添了一回又一回。

劳乐先是两手端着尖底茶碗，慢慢地变成左右手轮流端碗，这两个小时，成了他生命中的不能承受之轻。腰酸背疼，手上青筋凸暴，只叹茶碗无处可安放。

“言默兄，这茶具我消受不了。”

言默说：“莫急，我自有妙法。”

言默又去柜子里取来两个圆形的器物，高若寸许，中央有一个洞穿的内圆，摆在茶桌上。“劳乐兄，这叫茶托，请将茶碗放上去。”

劳乐把茶碗的尖底放入茶托的内圆，居然严丝合缝，顿时觉得全身轻松，有些僵硬的双手也舒展了。他马上想到，这茶碗、茶托原本是一套的，从放不下到放下，这个过程耐人寻味。他在他的企业事必躬亲，从不肯放手让副手和部下去甩开膀子大干，等于手端尖底茶碗放不下啊。言默招待他喝茶，是无言的劝诫，是让他启悟。

“劳乐兄，放下了吗？”

“放下了，放下了，我知道回去该怎么做了。再见。”

言默送劳乐到门边，笑着说：“劳乐兄，你没注意吧，我早把空调关了。”

“没注意，只觉得心里凉润润的。”

龙凤大轿

初春，时晴时雨，暖一阵寒一阵。

几天来，刚过花甲之年的洪喜祥，和本地物流行业的大咖荣久生较上了劲。

洪喜祥不过是一家名叫“红喜祥”花轿出租铺的小老板，手下能调遣的不过是十顶大花轿，还有员工一个——他的夫人。但他很得意，十年前能从经营一家小水果店，漂亮地转行，不能不说是他的睿智。现在的人，生活好了，可也更世俗了，结婚用高档小车接亲，算个什么排场？新娘子要坐的是人抬的花轿！花轿哪儿去租？唯一的选择是“红喜祥”。这个上百万人的中等城市，几乎每天都有喜结连理的，总有想坐花轿的新娘，于是，这里生意火爆，招财进宝。十顶大花轿，一律是古制，轿顶、轿芯、轿杠，用的是上等木料，轿檐、轿窗，雕花镂朵，精美。轿顶覆以红缎，绣着日月同升的图案；轿围是一色的湘绣，梅、兰、竹、菊，争奇斗艳。更让人注目的，是店堂中陈列着一顶只看不租的龙凤大轿，比其他的轿子都宽大，是民国初年的旧物，紫檀木做的。轿芯上下雕的是“百子图”，仿佛让人听到孩子的欢叫声；特别是两根大轿杠，两端头分别雕的是龙头、龙尾和凤头、凤尾。洪喜祥从旧家具市场买来时，不过用了两千元，当然破损得很厉害，他请来能工巧匠修旧如旧，变成了镇铺之宝。再新配红丝绒轿顶、苏州定制的苏绣轿围，而且隔一段日子就另换一套，让人时见时新。这顶龙凤大轿，除两根红漆大轿杠外，还有两端绳套拴着的四根小轿杠，每根小轿杠两个人来抬，抬轿一共要用八个人。特别是那些即将当新娘的女孩子，做梦都想能坐上一回，则此生足矣。

五十岁出头的荣久生，为“路路通物流公司”的总经理。儿子荣永华是他的副手，找的女朋友是本公司的会计师刘瑶。刘瑶不但是绝色，而且有才干。这对年轻人朝夕相处，爱情催熟得很快，终于要结婚了。儿子对爹说：“你将进门的儿媳，想坐花轿。”

荣久生说：“豪华小车，我家有。不够，婚庆公司去租。为什么要坐花轿？”

“她说，坐花轿是古典的浪漫。”

“行。”

“她还说，要坐‘红喜祥’店堂里摆放的那顶老轿子。”

“不错，有眼力。洪喜祥虽说这顶轿子只看不租，我多出钱就是。”

“谢谢爹。”

荣久生一直认为，这个世界没有用钱摆不平的事，可要租这顶龙凤大轿，却被矮矮胖胖的洪喜祥笑嘻嘻地拒绝了。逼得荣久生不断加价，一直加到五万，对方似乎不为钱所动，依旧摇头不止，他只好一次次颓然当返。

洪夫人百思不得其解，再好的轿子坐一次就付五万，原物还退回来，老头子怎么不同意？怕是蠢到家了。

“头发长，见识短，你不懂。”

“你说这是老物件，怕损坏，一个小女子，轻得鹅毛一样，会把轿底坐塌？”

“告诉你吧，花轿店的生意已经做开了，声名远播，也不需要龙凤大轿当镇铺之宝了。他荣久生有的是钱，要想挣脸面、摆排场，就把这顶轿子买回去！接完了亲，轿子于他有何用，只能找我回购，那时，我随便给他几个钱，他也会乐意的。”

洪夫人笑着说：“无商不奸，无商不奸。”

两人正说着话，洪喜祥的手机响了。是荣久生打来的，说过一会儿他的车就到了。

“老头子，你有把握人家一定会买？”

“有个很漂亮的女孩子来过好几次，她的手提公文包上印着‘路路通’的字样，那应该就是荣久生的儿媳。她看这顶轿子，上看下看，左看右看，眼睛亮得打闪。不但看得细，还问得细，问的都是内行话，这个女孩子不寻常。她想坐一回花轿，荣久生能不同意吗？即便荣久生不同意，他的独生子也会和他吵闹，逼老家伙就范。”

“这顶龙凤大轿能卖多少钱？”

“我开价五十万，底价是四十万。”

“老头子，你赚大了。”

“哈哈，哈哈……”

两个月过去了。

洪喜祥望着空出一大块地方的店堂，心里也空了一大块。那龙凤大轿，在荣久生一再恳求租用还是被他微笑婉拒后，荣久生说：“我原本是不来求你的，可儿媳就爱吃这一口，儿子也跟我撒气，洪老板，你说我怎么办？你说是文物，怕损坏，我买下总可以吧？你出个价。”于是，他装着很痛苦的样子，沉吟良久，才咬牙说出一个价码，两人再高声低语地争论和商谈，最终以四十二万成交。轿子被抬走了，接着洪家的婚礼按预定的吉日举行，古典、豪华的八抬龙凤大轿接亲的场面，轰动了全城，洪家这个面子挣大了。可迎亲用过了的龙凤大轿，怎么没见洪家来商谈让他回购的事呢？他想好了，回购他可以报出一个十万元的价码，他得给荣久生一个面子。

门外，晴了一阵的天，暗了，沙沙沙的雨声响了起来。

洪夫人坐在茶几边看报纸，忽然惊叫一声，说：“老头子，你看这整版的广告，一家‘龙凤大花轿铺’今日开业了！”

洪喜祥踉踉跄跄跑过去，扯过老伴手中的报纸睁大眼睛看。

果然是一个整版，不但有文字，还有各种花轿照片多幅，最醒目的是那顶龙凤大花轿的照片，说明文字是："本铺拥有百年龙凤大花轿，是最具传统婚典文化的花轿出租处。"老板是刘瑶，她在《开业告白》的文章中说："因我坐龙凤大轿嫁入荣家，成为此生最难忘的记忆，于是想到我亲爱的姐妹们，也应该享此殊荣。于是挂靠'路路通物流公司'，创立此花轿铺。本铺拥有各式古典花轿二十顶，礼仪、轿夫、乐手各种职事皆备。龙凤大花轿亦可租用，租金面议。试看明日城中之婚典，必是我铺花轿迎亲之天下！"

洪喜祥气得把报纸撕成几块儿，狠狠地抛向空中，大声说："这个小女子是个精怪！我真浑！"

| 望 星 空 |

只要是老天不下雨不落雪，每夜八点，满头华发的耿星河，就必到楼顶的露台去眺望星空。

他家住在这栋二十层楼的顶层，只有顶层才有一个宽大的露台，只有宽大的露台才好安置一台体量不小的远程望远镜，只有远程望远镜才能让他看清那些动和不动的星。

耿星河供职的单位在大西北，代号为“望星空”。六十岁时本该退休，他和领导软磨死缠，又让他干了五年。朔地雪冷风寒，过早地染白了他的头，刻皱了他的脸。

领导和同事祝贺他：“你和嫂子牛郎织女了几十年，也该去朝夕相守了。”

他忽然老泪纵横，说：“牛郎、织女都老了，聚与别都习惯了。唉，离开了‘望星空’，我就再也回不来了。”

“望星空”是不为外人所知的卫星测控中心，从卫星升空直到它完成使命，全方位对它进行跟踪、测量、控制，以及运行中的故障诊断与维修。他们自称是牧星人，浩渺的天宇是牧场，大小星系是河流、溪涧，卫星是天马神骥。

儿子耿小星是本地一家私营企业的董事长，在父亲告老还乡之前，特意为二老在同一社区置办了这套顶层的房子，置办了一架远程望远镜安放在露台。“爹，你回到老家，想念老同事了，可以夜夜眺望星空。”

耿星河说：“知父莫如子，好。”

耿星河出生在一个秋夜，正星斗满天，当语文老师的父亲浮想联翩，从古诗“耿耿星河欲曙天”中，拈出三个字组成儿子的姓名。姓名似乎成了一种先兆，耿星河读小学、中学时，对天文星象兴趣盎然，是业余天文小组的铁杆成员。大学读的是飞行器动力工程专业，毕业后因成绩优异分配到卫星测控中心。

几十年飞快地过去了。星河依旧邈远，恒定地不衰不老。而一代代牧星人，从韶华步入老境。耿星河也经历了人生凡俗的轨迹：恋爱、结婚、生子、退休。不过，他和妻子芦管一直是两地分居，如银河两岸凝目相望的牛郎织女，只有探亲时才能团聚。领导多少次征求耿星河的意见，把远在老家的妻子调来，他都婉谢了。他知道妻子离不开那所聋哑学校，离不开一拨接一拨的听障孩子。作为一个模范教师，她的口语和手语出类拔萃，培养过不少残疾孩子学有所长，到“望星空”来她会英雄无用武之地。

耿星河揖别“望星空”时，不禁想起宋词中的句子：“去也终须去，住也如何住。”心上涌出淡淡的悲凉。他交割了全部的资料、图纸、手稿，征得领导同意，只带走了内部出版的一本书《卫星机动轨道的测算与修正》，那里面密布着令外人感到乏味的数据，而在他眼里却如至交好友。他在一种复杂的心情中，回到故乡，回到妻子和儿孙的身边。

幸而可以夜夜望星空。望恒星、行星、流星雨，还可以搜索到本星系新星、系外新星、掠日彗星……可是，看不到卫星，只有卫星测控中心才知道卫星运行的轨迹、到达某地上空的精准时间。他望星空，只是一种心理上的安慰而已，和他的单位“望星空”相距遥远，便生出许多惆怅。

每夜十时，芦管会准时来到露台，和耿星河并排坐在一把长靠椅上。

“星河，歇歇吧，我想听你讲牧星人的故事。”

“谢谢你。这顶层住房多好，‘山月临窗近，天河入户低’。”

“唐代沈佺期《夜宿七盘岭》中的句子。好记性！”

“夫人在古诗词上远胜于我。白天无星可看，承你指点，我专读古人写有关日、月、星、风、云的诗。”

“聊解思念之情。”

“是啊。”

“我现在对宇航方面的知识特别感兴趣，因为我的先生是个牧星人。”

耿星河双眼蓦地发亮，说：“谢谢。我来讲一件难忘的事：十多年前的秋风萧瑟时，我国的一颗遥感卫星突发故障，在太空中急速翻滚，星上的能源完全消失，只有阳光照射到太阳能帆板时，才有几秒钟信号反馈。”

“这怎么办呀？”

“如果不能抓住每次几秒钟的卫星加电时间，注入控制指令，价值十几亿元的卫星将成为毫无用处的太空垃圾。”

“哦！”

“经过持续的仿真分析，我们终于掌握了规律，准确预测出卫星最大的供电时间段，于是我们指令远望号测量船在南半球上空捕获卫星，注入遥控指令，让卫星恢复正常运行。你猜，这次太空营救花费了多少时间？”

“猜不着呵。”

“六十九个日夜！”

芦管像小女孩一样鼓起掌来，大声说：“太奇妙了！”

耿星河无端地叹了口气。

“星河，是不是觉得你像那颗能量消失的遥感卫星？整天闲着，慌慌的。”

“是呀。‘人人尽说江南好，游人只合江南老’。”

“你还不能称老，还可以做很多有意思的事。”

芦管的嘴角忽然露出笑意，说：“你知道吗？本地的一座‘青少年宇航科普馆’即将建成，有展览、讲座、仿真操作等项目，正招聘义务辅导老师。我报了名，有听障学生来参观，我可以用口语兼带手语讲解。你想去吗？”

“想，培养未来的牧星人，好事。”

“我已经替你报名了。”

“真的吗？”

“真的。”

耿星河禁不住仰天大笑，说：“我太开心了！多谢夫人给我补充电源，你也是了不起的牧星人啊。”

夜渐深，满天星光灿烂。

认养一棵树

在湖南的城里乡下，上了年纪又做了祖母的人，便被尊称为娭毑。裴大喜八十出头了，解放街南竹巷的男女老幼，没人叫她“裴娭毑”，还是叫她“喜姑”，从年轻时一直叫到现在。

怎么不叫她“裴娭毑”呢？“裴”与“悲”同音，大家都明白避讳，挑选出一个“喜”字吉利。再说她中年丧夫，抚养两个儿子成人并让他们成家立业，靠的是篾匠手艺，悲苦不见于容颜，衰老不见于言行，乐乐呵呵打发春风秋雨，是名副其实的“喜姑”。

南竹巷是城中有名的篾匠窝，家家户户都是以南竹为主要材料，制作竹床、竹桌、竹椅、竹柜、竹架、竹筐、竹篮、竹箢箕、竹帘、竹席、竹筷子……只是各家有各家的主打产品。喜姑是从乡下嫁到况家的，况家专做体量大的竹家具。

喜姑是一九五五年二十岁时嫁过来的，她不但人长得标致，还聪明活泛，又有一身好力气，料理家务之外，跟着丈夫学做篾匠，是作古正经的入室弟子，手艺不到几年就让人刮目相看。1960年，当她的大儿子况大林四岁、二儿子况小林两岁时，丈夫患水肿病辞世。丈夫的灵柩上山安葬（那时候本地还没有火葬）前，况家亲戚劝她就不要扶柩送到坟地去了，年纪轻，孩子小，生活负担重，不能不另找个人家过日子。喜姑说："我没想改嫁这个事，我这双手怎么就不能养家？谢谢各位的美意。"

丈夫入土为安的第二天一早，刚见些许亮光，喜姑就起床了，摘掉扎在头上的白布条巾，走到院子里，痛痛快快哭了一顿，然后霍霍磨快篾刀，开始破一棵一棵的大南竹。

巷子里都听见喜姑破竹的咔啦啦的清亮声音了，老人叫醒儿孙，说："喜姑是个硬角色，了不得！"

喜姑手上的篾刀，公公用过，丈夫用过。这把刀，上厚、下薄、中部微凸，可以砍竹、削枝，可以破竹、刮青，可以破篾、撕条。喜姑捉住一棵长而粗的南竹（枝叶进货时已砍去），细的一端抵住墙根，粗的一端背向扛在肩上，先用篾刀在顶端开一个方正的"十"字形口子，再将一个老硬木做的"十"字形卡子嵌进去，然后用刀背捶打卡子，只听见"咔啦啦"一串爆响，竹竿裂开好几节长。接着，她顺势将卡子往下推，竹竿节节裂开直达尾端，真正是"势如破竹"。

喜姑破完了竹，脸不红，气不喘，又开始剖篾。根据不同竹家具所需规格，将长长的竹片剖成不同规格的篾片和篾条。她用左手的拇指和食指捏住一块竹片，右手握刀轻轻砍进去寸许，再用刀身一撬，“哧”地一声脆响，竹片便裂开一条几尺长的缝，重复几次，一块竹片被剖出好几片篾来。

打造竹家具的工序，喜姑无所不能：锯、砍、破、剖、削、刮、烤、编……式样好，结实耐用。一批批南竹运进来，一件件竹家具卖出去。

刀声锯影中，大林、小林长大了，高中毕业了，承袭家风也干上篾匠了，然后又相继成家有了孩子。

喜姑六十岁后，在儿子、儿媳的劝说下，不再亲操竹艺，不再亲操厨事，大事小事听汇报，进钱出钱都过她的手。

大家说：“况家和况家的这个竹艺厂，喜姑是真正的‘一把手’。”

喜姑很疼爱两个孙子，但不宠爱，买书买文具，她舍得给钱，但买回来后，必细细核对，绝不允许钱、货不对数，用余钱去买零食吃。孙子犯了错，喜姑只是慢声细气讲道理，绝不动用“家法”。她的“家法”是几根绑在一起的细竹梢，抽一下必现一道血印。

二儿子两口子吵架，只因小林陪一家私营业务单位的头头喝酒，妻子嫌他回来晚了没有好好亲热她，便寻衅闹事。喜姑一声断喝：“小林，跪到院子里去！”接着，喜姑取来“家法”，用力抽打光着脊背的小林，抽得小林嗷嗷哀叫。

二儿媳这下子心痛了，赶快跪下来求情：“妈，您别抽了，是我的错。”

“我只教训儿子！正好孙子睡了，否则，看他怎么做人。”

“妈……妈……你饶了他吧。”

喜姑这才丢下“家法”，说：“夫妻间哪有这么多对和错，各让一步就过去了，都记住没有？”

两口子忙说：“妈，记住了。”

六十岁后，喜姑就开始考虑她的后事了。竹艺厂正常运转和发展的资金，以及家庭生活（包括孩子的教育费用）所需之外，她用可动用的活钱为两儿、两媳、两孙各买了一份为期十年的储蓄保险。十年后，再取出来，连本带息再买十五年的储蓄保险，也是六份，每份为十万元。然后，将存折交他们去保管。喜姑说：“孙子的，将来你们再交给他们吧。”

“妈，您总是想着我们。”

“我也想我自己。”

八十岁的寿宴办完，喜姑把属于竹艺厂的经营、经济大权全部交给了两个儿子。“俗话说：七十三，八十四，阎王不请自己去。我恐怕蹦跶不了几年了。我要走，就走得清爽，不给子孙添麻烦。”

“妈，你健旺哩，一百岁都不为多，让我们多尽尽孝心吧。”

“是啊，是啊。”

喜姑笑了笑，笑得很好看。

一个星期天，巷子尾端的一家突然着火了，其他人家都赶快拿着贵重东西出门。

况家在巷子中段，儿子儿媳忙着往外搬东西。喜姑只是从容地打开立式竹柜的门锁，从里面拿出一个老式的雕花小竹箱，提着站到院门外。所幸火很快扑灭，只能算虚惊一场。

喜姑刚满八十三进入八十四岁时，正当三九隆冬，突然病得卧床不起。卧室里燃着一盆木炭火，红艳艳的。儿子、儿媳、孙子都守候在床边，肃穆无声。喜姑叫人打开立式竹柜，取出那个小竹箱，她挣扎着用钥匙开锁，揭开盖子后就放在枕头边。

“那一次起火，我只提着它出门。这里面虽没有什么贵重东西，但对我却很要紧。”

大家都望着喜姑，细听她要交代什么。

“十年前，城外的樟树冲，建成一个文明陵园，栽的都是樟树。我去认养了一棵，交五百元树木费，每年再交一百元的看护费，看护费我交了三十年。树上挂着一块写了我名字和生年的不锈钢小牌子，认养人过世后，骨灰可以埋在树下，不需要骨灰盒。这里规定不树碑，不垒坟，不放鞭炮，又简单又清爽，可以不过多地麻烦后人。除树的认养书、交费证明外，箱里还有一个存折，上面的钱不多。我走后再过一段日子，你们要送请帖，恭敬地请巷子里的邻居们吃顿饭，代我感谢他们对况家的关心和照顾。记住了吗？”

儿孙们齐声应答：“记住了。”

喜姑嘴角浮现一丝笑意，抬起右手无力地挥了两下，然后，安详地合上了双眼。

炒 饭

常欣中午下班后，对越悦说："今天我们不在单位食堂吃饭，我请你去'美味斋'吃炒饭。"

"不想去，去哪里吃都没有味。"

"不给姐一个面子？"

"好吧，我去就是。"

于是，她们走出环保研究院，拐进一条小街，炒饭的香气扑面而来。越悦小巧的鼻翼开始翕动。说："哦，诱人之香。"

"馋了吧？"

"你怎么知道有这个地方？"

"我先生在休息日领我来过。"

"我那位除了书，什么也不知道。"

"他不知道，你可以知道哇。"

刚刚而立之年的越悦，觉得这一段日子特别难熬，心如枯井，情若死水，浑身腻腻的。按理说，她该快快活活才是。论颜值，美人一个，走到哪里回头率都很高；论工作，供职于株洲环保研究院，专业拿得起放得下，领导欣赏，同事青睐。论家庭，找的是一个可心的夫君，结婚一年有余，没红过脸、吵过架，相敬如宾。她怎么就快活不起来呢？

和越悦同一个实验室的常欣，三十五岁了，孩子已九岁，由爷爷奶奶带着，丈夫是中车集团公司的工程师。常欣倒是常常快乐，整天脸上笑吟吟的。她们是好姐妹，是闺蜜，上班形影不离，中午吃饭一起进单位的食堂，彼此心心相印，无话不谈。

有一次，常欣见越悦扒拉几下筷子就不想吃了，便问道："越悦，你有心事？"

"常姐，口里没有味。"

"是心里没有味吧？说说看。"

"唉。上班一门心思干活，啥也不想。下班回到家里，我和他一起做饭，一起打理家务。然后呢，各自在书房看书、查资料。他是搞公路设计的，我是搞环保的，隔行如隔山，谈什么？我没想到结婚后的日子，如同炒冷饭，没味还得过下去。"

"炒冷饭，也要看怎么个炒法。"

"现饭就是冷饭，还怎么炒？"

她们走进门面很小、店堂也不大的"美味斋"，原来是专卖炒饭的店子，顾客倒很多。找了张最里边的小桌子，两人坐下来。服务员是个小姑娘，跑过来很亲切地对常欣说："谢谢常姐常来常开心，领朋友来了，吃什么？"

“这是我的朋友越悦。今天就吃蛋炒饭，来两份。”

“好嘞。蛋炒饭——两份。”

越悦马上明白常欣和先生是这里的常客，服务员才这样熟，可蛋炒饭有什么好吃的?

常欣一瞟越悦的脸色，说：“我先生第一次领我来，也是点的蛋炒饭，我当时就笑他小气。你猜他怎么说？”

“怎么说？”

“他说：炒饭，是烹调中最基本的功夫，而蛋炒饭又是工夫中的工夫。”

“诡辩。”

“我也是这样说的。”他冷笑着说：“我们炒饭，是先把蛋煎熟了再混入饭中的，这就是外行了，两样东西一分开，色、香、味都不合格。蛋炒饭的最高境界，是要炒得蛋能包住饭粒。得先下油，热得冒烟了，倒入隔夜饭，炒得米粒在锅中油光闪亮时，才敲破蛋壳将蛋黄蛋白一块下入，不停地用锅铲翻动，再加盐、酱油、葱丝、蒜丁儿。”

“为什么是隔夜饭，这不是新饭吗？”

常欣嘿嘿笑了，说：“刚煮熟的新鲜饭，黏成一团，只有隔夜饭是冷的，饭粒容易分开，蛋才包得住每一颗。”

正说着，蛋炒饭端上来了。越悦不急着动筷子，先细细地看，再深深地嗅，喉咙立刻痒痒的，这才开始细嚼慢咽，果然是美味，一份饭全部顺畅地吃下去了。

“怎么样？”

“好！”

“声音这么响，是看京剧喝彩啊，这小女子疯了。”

越悦说：“谢谢常姐做东。明天再来吃蛋炒饭，我做东。”

“我要连着做东，让你永远记得我。你初来乍到，还不识路径。明天不吃蛋炒饭，吃腊肠炒饭，后天吃火腿炒饭，再后天吃河虾炒饭……”

“好吧，恭敬不如从命。”

这十天啊，越悦的心情一天比一天好，不仅是因为美味的炒饭，还听常欣讲了许多他们夫妇之间的业余生活：彼此的专业不同，不是障碍，可以讲各自经历的趣事。白天工作，也不必夜夜把工作带回家。常欣夫妇就喜欢看中央电视台直播的“空中剧院”，看北京、上海、天津的名角名剧，那是一种享受，谭孝曾、谭正岩、孟广禄，赵秀君、张克、平安……看到妙处，喊一声“好”，夫妇相视而笑。双休日、节假日，他们去附近的“农家乐”，看风景、吃生态饭菜，正如古人言“会心处不必在远”。

常欣问越悦：“我的小妹妹，吃炒饭可有体会了？”

“有。所有品种的炒饭，主材都是隔夜饭。恋爱后结婚，婚后的生活平淡无奇，也是新饭。关键是新饭怎么炒，怎么添加辅料、佐料、调料，日子就有味了。”

常欣用指头一点越悦的额头，说：“有悟性。双休日又来了，打算怎么过？”

“我已经把这书呆子的工作做通了，星期六睡个懒觉后，起床随便弄个早餐填一下肚子，再整顿穿戴，让他陪我来吃蛋炒饭。然后，开车去他曾勘察、设计并已通车的乡村公路兜风、看景致，累了找家乡村饭店晚餐，再在那里住一夜，新环境会有新感受。星期天，去爬凤凰山。”

越悦说完，脸上笑得很灿烂。

常欣点点头，再点点头，仰天大笑，说：“我要为你，不，为你们，叫一声好！”

钟声敲日夜

年过花甲的惠敬儒，在今夜的梦中，又听见当当当的钟声了。

钟声来自他供职的晚洲小学，来自小学草坪边的一棵老樟树上，来自系在枝干上的一块两尺长半尺宽三寸厚的废钢和一柄连在一起的硬木棰上。这是钟吗？在这个偏僻的乡村小学里，这就是钟。上课、下课、用手一拉一放系在硬木棰上的长绳，以木棰击打废钢，就是好听的钟声。当学生放学回家了，老师吃完自煮自炒的饭菜，在灯光下改完作业备好课，把劳累了一天的身子放到床上，风吹木棰与废钢撞击，细细碎碎的钟声，便一串一串落到枕头上。

惠敬儒揖别晚洲小学一个月了。晚洲隶属株洲县最偏僻的朱亭镇，与衡山县搭界，是湘江中的一个长形洲岛，离岸上的镇子远，离县城远，离他和老妻眼下居住的株洲市杏花园住宅区更远，一百八十里地。儿子孝顺，又是有点名气的企业家，为父母置办了这套一百二十平方米的电梯房，卧室、客厅、书房、卫生间一应俱全，而且是同一个住宅区，只是不在一栋楼。这里到处种着杏花树，眼下正春风得意开得成团成簇，粉红、洁白，光彩照人。儿子是有心人，“杏坛”与教书育人相关，他的父亲是当老师的，不会不喜欢这个地方。

老伴刘珍说：“在这里养老，神仙一样，好。”

惠敬儒说：“就是没有钟声，心里空空的。”

“我天天在你身边，心里还是空空的？”

他们同龄，都是朱亭这一块地方的人，而且读师范中专时是同学，彼此都有好印象。毕业时，他们分配到镇里工作，可惠敬儒立意要去晚洲小学当老师,刘珍则留在镇政府财会室当出纳。后来，他们喜结连理，家就安在镇子上。有了家的惠敬儒因交通不便，却不能天天去与家人团聚，只有休息日才可以乘学生家长的渔船上岸回家。洲上也就几十户人家，这学校是专为他们的子女而设，也就几十个孩子，可年级和班次却很多，于是教室都很小，每间只放十几张课桌和十几条板凳。老师最初是八个，校长一人。春去秋来，随着洲上农民都陆续到城里去打工，家也迁走了，学生越来越少。耐不住寂寞和清苦的老师，设法调走了。到惠敬儒当校长兼老师时，手下只有一个中年男老师了。

那块儿当作钟的废钢，被岁月敲薄了敲亮了，那柄硬木棰换了好几次了。钟声中，送走了一批一批小学毕业的孩子，到镇上去寄宿读初中。白天不上课时，惠敬儒总是准时去扯绳打钟，晚上在风送钟声中备课、读书，然后去做一个美丽的梦。他常想起唐代的杜甫，当年乘船经此所写的《次晚洲》诗，“参错云石稠，坡陀风涛壮……”那时洲上当然没有钟声。但他读过《杜工部集》，另一首诗中有“晨钟云外湿”一句，最让他心旌摇动。江心洲上水云萦绕，钟声也是湿润柔软的，落到心上一层层叠厚，如同结茧，于是莞尔而笑：此生没有白过。

等到最后几个孩子毕业，惠敬儒也到了退休的年限，可以心无遗憾地离开晚洲了。于是，夫妻双双住进了“杏花园”。坐电梯上楼下楼，用天然气煮饭、炒菜、烧茶，用手机上网、通话、看时间，儿子、儿媳、孙子说来就来了，日子悠闲而快乐。可惠敬儒整天像丢了魂一样，看一会电视、关了；在手机上发几条短信，索然无味；从客厅走到书房，再走到卧室，又回到客厅，一共九十一步。好不容易熬到晚上九点钟，上床睡觉去，可翻来覆去睡不安稳；勉强睡着了，又开始说梦话：“钟声……钟声……”

刘珍开始以为丈夫是突然换了一个生活环境，不适应，过些日子就会安然无事。不料情况并不乐观，眼看着丈夫天天愁锁眉头，面色消瘦，这才着急起来。不就是没有钟声吗？叫儿子去买个铜钟挂起来，她来当打钟人。她悄悄跟儿子商量，儿子笑了，说：“要听钟声，容易，劳驾娘打钟算哪回事？我来办。”

儿子用手机上网，订购了一台产于佛山一家钟表公司的落地式座钟，到货后，儿子把它在客厅靠墙的适当位置立起来，然后又调试好。

儿子告诉他们："这钟从一点到七点，是敲一下到七下；从七点到十二点，一律都敲七下；每半个小时，敲一下。玻璃门后，你们可以看到两个长圆筒状的东西，一个是走时重锤，一个是报时重锤。这个扁圆形的铜摆，来回摆动一次，嘀嗒，为一秒。"

刘珍问："这要多少钱？"

儿子说："你别问钱，只要爹高兴就值。"

窗外暮色四合，接着便是满城灯火。钟声忽然响了，当当当……清亮地敲了七下。

惠敬儒大声说："和晚洲小学的钟声一个样！"

儿子告辞后，惠敬儒不让老伴打开电视机，说："一个月没听钟声了，我想得心慌。"他坐在落地钟对面的沙发上，瞪大眼睛看时钟、分钟走动，看钟摆来回晃动。七点半、八点、八点半、九点、九点半、十点，钟声沉洪地按时按量响起，好听。"十点了，我该去睡了。夫人，你可以看电视了。"

窗上透出一片曙光时，客厅里的钟声响了七下。惠敬儒猛地醒过来，看了看手机，着急地推醒刘珍，说："学生都进校了，我怎么睡得这样死？你也不叫我！"

"老头子，你退休了，不用上班了。"

"哦——"

这一天，惠敬儒安安静静待在五楼的家中，在书房里看书、做笔记，或陪着刘珍坐在客厅看电视节目。隔一段时间就听到钟声，听到钟声就想起晚洲小学，欣欣然。到下午四点多钟，楼外的坪地上，忽然传来了孩子的笑声、说话声。

惠敬儒跑到窗前，推开窗户往下看。“是小学生，十几个哩，在石桌上伏着做作业。”

“附近有一所小学，这个社区的孩子放学了，自然要回家，你平日没留心。因为有了钟声，你就听到他们的动静了。”

“他们怎么不回家去？”

“爹妈没下班，回去怪寂寞的，他们在一起做作业、复习功课，热闹。”

“那我下楼去，我可以去辅导他们，哪一门课我都教过。”

“这叫初心不改，我真服你了。”

“谢夫人夸奖。我还要叫儿子给我添置两块小黑板，一块挂在书房的墙上，一块提着到楼下去流动教学。晴天，我在露天教；雨天，让小孩子到我家来，书房比晚洲小学的教室宽敞。”

话音刚落，他的身影已闪出门外，再把门重重地带关。

刘珍开心地笑了。

夫唱妇随

在古城湘潭的当铺巷，老辈子训导儿孙时，一开口便要说：“你们看看莫家夫妇，又能干又贤惠，相濡以沫，夫唱妇随，要好好学学人家。”

儿孙们点头如鸡啄米，说：“应该，应该。”

莫家住在巷子中段，门楣上挂着一块横匾。说是匾，其实就是一块刨光了不上漆的长方形木板，用毛笔写了四个粗黑的颜体字：“小匠之门”。

为什么自称“小匠之门”呢？因为户主姓莫，名小匠。他是干什么的？木匠。莫小匠说名字是父亲所赐，木工行当中，大匠是鲁班，徒子徒孙不过是小匠而已。他挂这块匾，为的是雇主便于寻找。

莫小匠体量高大，脸上的络腮胡硬如钢针，说话声宏响如钟吕，还带着膛音。他的技术很全面，大木（建房子）、细木（做家具）之外，还兼做粗木（做棺材），样样拿得起放得下。但他也有规矩，除建造房子、做棺材上门之外，家具只在自家打理，客户可自运木料来，也可由莫家配备木料。

莫家的院子不栽花种草，到处堆放着木头，用剩的边角废料、刨花、木屑，空气里永远飘袅着芬芳的木香。院子内还搭着一个很大的木棚子，里面叠放着漆色老旧的十几张四方桌、几十条长板凳，是他已故的父亲留下来的。那年月谁家有了婚丧大事，都是自办酒席，便要到这里来租赁桌、凳，付一点租金。这是莫家安身立命的法则：既当木匠也搞租赁。莫小匠不到公家单位去任职，当的是自由职业者，有手艺赚钱，还有租赁的收入，他可以不让人管，江海任平生。

他的妻子叫友大秀，模样和丈夫很相配，粗腿、粗腰、粗胳膊，大脸膛、大眼、浓眉，是典型的女人男相。她有一身好力气，在公家的关圣殿码头搬运社当装卸工，扛百斤大包上船、下船奔走如飞。

他们只有一个儿子，高中毕业后参军了，分在后勤部门，因有木匠技艺，服役期满也没让他转业。还在部队成了家，只有探亲时才回到当铺巷来。

莫家两口子感情是真正的好，没见红过脸、吵过架，彼此体贴入微，相敬如宾。大秀下班回家，赶忙做饭、炒菜、洗衣服，到处是她的笑声。丈夫要把圆木头用大锯剖成木板时，锯过来锯过去必须两个人齐心合力，大秀便拉开架势打下手。

大秀说：“我们像是拉琴。”

小匠一笑：“这叫琴瑟和鸣。”

小匠在家做家具，累了，便散步出巷口到平政街，然后插到下河街关圣殿码头，见大秀在扛包，亮嗓高喊一声：“大秀，你歇歇，我代你来扛几包，松一松筋骨。”

“好嘞——”

小匠为人实在，技术又精，雇主常把活交给他，让他成为名义上的包工头。比如建造房子，他会合理安排大木匠、细木匠、泥水匠、石匠、漆匠，各司其事。有人说，你何不少请些人，这些活大家都会，可以兼着干。他脸一板，说：“有饭大家吃，有钱大家赚。我爹生前就叮嘱过：要记得给别的工友留碗饭吃。”若是某家老人辞世，请他上门做棺材，他也要招来三四个木匠，还有闻讯而来的，他也表示欢迎。他说：“亡人入土为安，这事怠慢不得，人多做事快，我们不过少赚点工钱，有什么要紧？”

大秀就非常崇拜丈夫的这种做派，曾作古正经地说：“你应该写申请书，加入中国共产党。”

“我单位都没有，往哪里送申请书？”

大秀哈哈大笑：“我是党员，你把申请书交给我，我正好当你的直接领导。”

“你领导我，我领导斧、锯、刨、凿和那些旧的桌、凳，你威风八面哩。”

“谢谢。”

小匠在家里做各种家具，货被拉走了，剩下不少刨花和边角碎料。隔一段日子，大秀用箩筐装好，一担担挑到巷中人家去送发火柴。那时候家家烧煤，发火柴不容易买到。大秀来了，不但不收费，连茶都不肯喝一口，只说："我家老莫派我来的。莫嫌弃，将就用。"

一九六六年夏，莫家夫妇都年近半百了。

一天深夜，莫家传出雷鸣电闪的吵架声，两口子都是大嗓门，谁也不让谁，一声比一声高。声音破门而出，顺着巷道流淌，嗡嗡作响。

一条巷子的人都从梦中惊醒了。莫家从来没发生过这样的事，两口子感情好得像巴酽的牛皮糖，怎么会闹矛盾？再细听，是大秀怀疑小匠在外面有相好的女人了，这个月就瞒报了应该上交的钱。

"莫小匠，你说钱到哪里去了？"

"喝酒了，抽烟了。"

"屁话！酒、烟都是我买的。你怎么买起雪花膏来了？"

"给你买的，你不是总想把黑脸变白吗？"

"我从不用这种东西。你说，是给哪个女人买的？"

"你说谁就是谁，老子先揍你这蠢婆娘！"

"只怕由不得你，老娘正好跟你比比力气！"

莫小匠的声音戛然而止，接着又吼道："你只知道钱钱钱，我先不揍你，老子把这些出租的桌、凳通通打烂，断了你的财路！"

果然，不一会就传来斧头砍桌、凳的声音，下力又猛又狠。大秀哭了起来，听得人心痛。

有几个老辈子，赶快来到莫家门前，急急地敲门、喊叫。

没有人来开门。只有打砸桌、凳的声音不断，只有哭声不停。

半个小时过去了。门突然打开，莫小匠冲出来，向大家拱拱手，说：“惊扰各位了，对不起。”然后大踏步走了。

大家赶快走进去，只见那些桌凳破裂了一地，大秀坐在地上满脸是泪。

“莫小匠，你这条蛮牛，砸了桌、凳，你要出大事了！居委会的造反派，明日要在雨湖边的空坪上开批判走资派的大会，指定要借桌子搭台，借凳子跪人。怎么得了啊！呜呜……”

大家赶忙安慰大秀，待她止住了哭声，才离开莫家。

老辈子明白了是怎么回事，禁不住笑了——夫唱妇随，好！

把酒月光下

他和他，在抚月峰顶的一块空坪上相对席地而坐，一尊不规则的石头就是现成的矮几，上面搁着一瓶喝了一半的“衡水老白干”，两只小瓷杯。还有一瓶未开盖的酒，靠在石头边。

夏夜的月光很明亮，在他们身前身后潺潺流动，仿佛他们是泡在一泓凉水里。抚月峰立在城郊外，其实是个小山岗子，也就几百米高，说伸手可抚月就太夸张了。但却可远眺相隔几十里路外的一城灯火，如银河密集的星星，好看。空坪的顶外边，是垂直而下的悬崖。这里还没有开发成旅游点，土公路虽有，破破烂烂的，不是有好奇心的人不会到这里来。

“杨师傅，干杯！”

“干杯！小强。”

“没想到我们都是走背时运的人，这叫惺惺惜惺惺。”

“谁不想好好活着呢，这月光稠得可以用手捧起来。”

“可命运捉弄人，人强命不强。”

他和他是朝夕相处的好朋友吗？不是。一个老，一个少，是忘年交吗？也不是。在两个小时前，他们才有一面之缘，一个是的士司机，一个是匆忙上车的乘客。

老杨叫杨乐，是本地华湘出租车公司的老司机，五十五岁了，个子瘦小如干柴棍，脸窄，却眉如毛刷、眼若小铜铃。但他技术好，态度温和，还有好酒量，无论怎么喝都不会醉，是古人所誉“酒龙”类人物。当然，他上班绝不喝酒，喉咙发痒了，喝茶、嚼槟榔。交班了，他再从车厢后面拿出酒来，坐在公司的休息室，或邀同事共饮，或独酌，痛痛快快喝几杯后再步行回家去。他爱喝高度白酒，对七十度的“衡水老白干”更是情有独钟。今天他是下午四点上的班，一直要干到子夜十二点。九点钟的时候，他送一个乘客到城中的“美好之夜”歌厅后，就泊车在此等候下一茬客人。突然，从歌厅里奋力跑出一个蓄平头、穿红色运动衫的小伙子，接着又跑出一个俏丽的姑娘。小伙子跑到的士前，拉开车门，坐到杨乐的身边，吼道：“快开车！”

小伙子满嘴喷着酒气，杨乐一嗅就知道他喝的是啤酒，因为酒气很薄。“请问去哪儿？”

“去抚月峰！”

“那里没什么人呀？去那里做什么？”

“你管得着吗？你开车，我付钱。快开车，要不我揍死你。我可是搞拳击的！”小伙子边说边捏紧了拳头，骨节咔吧咔吧一阵响。

杨乐不想跑这趟车，不愿意和这种粗蛮的客人打交道，但又不能不跑这趟车，这不是位好对付的主。当车子开动了，那个跑近了的姑娘喊道："回来！你别用死来吓唬我！"

"加速，你这个老呆瓜！"小伙子吼得惊天动地。

"你别激动，我加速就是。"

车子又快又稳地朝城外的抚月峰跑去。按这个速度计算，到达目的地得一个多小时，何况还要上到山顶，路况差，更费时间。杨乐是个嘴巴闲不住心思却细密的人，他得打探一下这小伙子去那荒僻处干什么？他自身有没有什么危险？家里有老有小的，可不能出意外。

"小伙子，你姓什么叫什么？我们同车而行，不是有缘吗？"

"姓强，名威，是市体委拳击队的。心不巧，嘴不甜，却有一身好力气。"

"一个人去赏月？也不带个女朋友，那个追来的姑娘，蛮喜欢你的样子。"

"屁！我想她，她不想我。今晚一群朋友约了来喝酒、唱歌，她也来了。我喝了酒，头一发热，当众向她求爱，她却给了我一个下马威，还数落我除了拳击还会干什么。我这个脸丢大了，我不想活了，我要去抚月峰跳崖，轰轰烈烈死给她看。"

杨乐大吃一惊，为这点事他就要去死，真够邪乎的，得把他心头的火浇灭。

"这个姑娘也太任性了，会拳击不就是一门好本领吗？

唉……我也憋屈得慌啊。”

“你也有伤心事？”

“比你还多，老婆又丑又懒还不贤惠；儿子出国留学和工作，找了个洋婆娘，几年都不回来看我们；孙子连一句中国话都不会讲，电话里咿咿呀呀鬼才听得懂。我活着还有什么意思？”

杨乐沉重地说完这段话，恨不得立马抽自己几个耳光，居然可以把假话说得像真的一样，对得起老婆孩子吗？

“老杨，你真的活得没劲，没劲。”

“小强，你想跳崖，我也想。到了另一个世界，我们就是知己。古话说：酒逢知己饮。我车厢里有好酒，到了抚月峰，我们喝个痛快，再一起跳崖。”

强威呜呜地哭了，然后又疯狂地笑。“杨哥，你义气！”

月上中天，光华四射。

一瓶酒喝完了，杨乐又打开另一瓶酒，说：“小强，你虽然年轻，还是搞拳击的，酒量浅啊，这瓶酒你就别喝了。”

“你一个糟老头子，牛皮哄哄的，我——喝，谁也不许多，谁也不许少。”

“这才叫人物，相信你会在拳击场打翻所有的对手，夺金牌为国争光，这叫好好活着。”

“我就爱听你这句话，我只得过银牌，不得金牌死不瞑目！”

“好，我们连干三杯。”

“三杯就三杯！”

一口气喝完这三杯，强威身子一软，倒地就睡去了。

杨乐赶忙掏出手机，拨号打到公司的值班室，简单说了情况，请求快派车派司机来抚月峰顶：他喝了酒，不能违规开车了；强威得送医院解酒，这烈酒不是人人可以喝的。放下手机，杨乐移坐到强威身边，把他的头搁在自己的大腿上，喃喃地说：“孩子，你会有出息的。我会想法找你的女朋友谈一谈，让他别轻看了你，一个为了爱愿意舍弃生命的人，值得信赖。”

梦中的强威忽然伸出一只手，缓缓地展开手掌，发出呓语：“月光……月光……”

诵友会

手机里的微信群，灿若繁星。群名林林总总，令人拍案惊奇。写字画画的叫“涂鸦者”，给人理发、烫发的叫“顶上功夫”，社区搞保安的叫“黑猫警长”，当外科医生的叫“刀下留人”，喜欢用普通话朗诵诗文辞赋的叫“诵友会”。

在湘楚市一中当语文老师的厉强，就是“诵友会”中的发烧友。他和圈中其他人一样，真人不露相，也不用真姓真名，只是从彼此朗诵的声音中，知道或男或女。

厉强的微信名是“雷声隆隆”，自恃有一条好嗓子，神完气足，如炸雷劈天，隔三岔五会把自己的朗诵作品挂到圈里去。他喜欢唐代的边塞诗，如王昌龄的《从军行》《出塞》，高适的《燕歌行》，岑参的《白雪歌送武判官归京》《轮台歌奉送封大夫出师西征》……这些诗粗犷、廓远、雄浑，与他的嗓音非常贴合。这当然是他的自我感觉，圈内人并不怎么叫好，不能不令他暗生惆怅。

厉强三十岁了，从大学中文系毕业，应聘到中学教语文，一晃就是八年。他读书多，肯钻研，教初中、高中的语文举重若轻。他讲课嗓门高、声音大、语速快，正如其名字所示：凌厉而强硬。隔壁上课的老师，常在下课后和他开玩笑："你这是京剧演员的叫板，咄咄逼人啊。"他头一昂，说："这嗓子就说不了悄悄话，以致我如今还是光棍一条！"

这种大声讲课的习惯，让他的声带磨损厉害，容易肿痛、嘶哑，不得不常含"金嗓子"喉片或服用消炎的西药。但他执拗地认为，用这条嗓子朗诵边塞诗，粗豪中带一点嘶哑之音，正可体现边地的风凛雪寒和卫国思家的悲壮与苍凉。

一天夜里十一点后，厉强在家中的书房改完了学生作业、备好了课，打开手机，朗诵《白雪歌送武判官归京》："北风卷地白草折，胡天八月即飞雪。忽如一夜春风来，千树万树梨花开……"然后发到"诵友会"去。

十分钟后，有一个叫"夜明珠"的人，马上发帖，说："有激情，音质不错，可惜你是靠嗓子发力，用的不是丹田之气。久而久之，会塌音、失声，千万要注意。"

厉强像被人猛击了一掌，愣了一阵，赶忙回帖："谢谢。"

过了一阵，"夜明珠"重新朗诵这首诗，虽是女声，但刚中带柔，张弛有度，急、徐、强、弱，收放自如。厉强不能不大声叫"好"，这才是朗诵艺术啊，可他只是卖嗓子。

这一夜，他许久没有睡着。这个"夜明珠"是本地的还是外地的？是专干这行的还是业余爱好？

此后每个夜晚的这个时刻，厉强总是朗诵这首诗，然后请“夜明珠”品评。

“好。学会了从丹田提气、发力。”

“戏剧演员不但用本嗓，还用小嗓，值得借鉴。要学会调练声带，控制音域，突显音质。”

“有闲时，听听古琴曲《关山月》《归去来辞》。”

厉强上课不再一味地敞开嗓子吼了，快慢、轻重、清浊、刚柔，有如一部古琴曲，入耳也入心。

“夜明珠”还告诉厉强，圈内有个叫“霜天晓角”的诵友，你可听听她以前和现在的朗诵，会有收获的。

厉强以前当然听过“霜天晓角”的散文朗诵，如朱自清的《荷塘月色》、鲁迅的《从百草园到三味书屋》，声音正如下霜早晨的号角，冰冷、灰暗、滞涩，欲拒人于千里之外，所以他再不想听。他忙寻出她现在的作品听，不禁大吃一惊，清丽、温馨、流畅，明晰而有穿透力。他在犹豫再三后，发帖给“霜天晓角”，谈他听后的体会，然后小心翼翼地问这是怎么回事。

没想到“霜天晓角”是个豪爽人，她告诉厉强，“夜明珠”也提到了他，让她听他的朗诵作品。

“惭愧。请指教。”

“听你先前的朗诵，就知道你是个襟怀坦白的人，干什么事都肯卖力气，什么也不藏着掖着，可无意中会伤害别人。我呢，就有小心眼，说话总是压着喉咙，弄得谈了个男朋友也分手了，说我冷若冰霜不易接近。朗诵也犯了这毛病，谁爱听呢。幸亏‘夜明珠’忠言相告，提供一套方法让我练声，而前提是要大度待人，以善为本。”

“你认识‘夜明珠’吗？她也是我的老师啊。”

“不认识。”

“以后我们多切磋吧，不提高对不起老师啊。”

“我同意。”

日子如流水般逝去。

“夜明珠”很久没在“诵友会”出现。

“诵友会”忽爆出一条新闻：著名电影译制片配音大师汪素素（网名“夜明珠”）因患喉癌医治无效，于今日凌晨在上海辞世，享年七十有二。追悼会将于后天上午举行。”

厉强如炸雷轰顶，在教研室当着同事泪流满面。

手机上“叮咚”一响，有微信来了。厉强一看，是“霜天晓角”。

“汪老师辞世，悲恸难禁。我准备乘飞机飞往上海，去殡仪馆为老师守灵，再参加她的追悼会。请问：你愿意与我同行吗？”

“我愿意，不知你住在哪座城？”

“湘楚市。你呢？”

“我也是。”

“这就好。今晚七时，飞机场候机厅见。”

“不见不散。”

红路标

天河决口，大雨如瀑。

时已仲夏，老天真是发疯了，一连数日不见火辣辣的太阳，雨倒是下得不依不饶。湘江涨潮，城中泛涝，纵横如织的马路上，因下水道排泄不畅，变成了一条条溪河，大车、小车成了慢慢移动的舟船。

这条马路叫康庄路，一尺余深的水哗哗地流淌。马路中间或马路边沿处，隔一段就站着一个红衬衫上套着透明塑料雨衣的老人。猩红色的衬衫，如一团火，闪烁在雨幕里，很醒目。他们口里含着一个铁哨子，嘟嘟地吹得清脆有力。手上握着一面小红旗，指挥车辆缓行、绕行或停住。红旗上印着几个金字："老年义务引路人"。他们站立在一个个下水道的井盖旁边，那些井盖有的裂缝了，有的残破了，有的干脆没有，水流经过时，或变成漩涡，或撞击出浪花。

从早晨七点到现在，六十五岁的路引平和他的老伙伴们，在冰凉的水里，站了两个小时。

路引平站在马路正中间，雨密水雾稠，若是司机不小心，灾祸说来就来了。他脚边的井盖已经只剩半边了，流水哗哗，响得气喘吁吁。

当车辆稀少时，不远处有人喊：“老路，你的腿有老伤，上人行道来歇一歇！”

路引平说：“不碍事，若是车轮子陷住，交通就乱了。”

“什么井盖，劣品！”

路引平大声说：“你自个儿小心，别脚一滑，掉到坑里去了。”

“不会的，我在井口搁了一块废水泥板。”

退休前，路引平是本市一家铸造厂的高级技师，风风火火度年华。退休后，闲得骨头发酸，儿子儿媳和孙子都去了国外，老两口成了“留守老年”。当住在同一社区的退休老人，在一年前发起成立“老年义务领路人”的义工组织，协助管理康庄路的交通秩序，重点是引领上学、放学的小学生们安全横过马路，路引平高高兴兴地报了名。他喜欢这份不拿任何报酬的工作，这些小学生和他的孙子差不多大，当他牵着他们的手过马路时，就会想起“含饴弄孙”这个成语，心里真的盈了一汪蜜水。

“小朋友，读书辛苦吗？”

“不辛苦。爷爷才辛苦。”

“爷爷怕汽车撞了小朋友哩。”

“有爷爷领路，汽车让着我们。”

也许是职业习惯，路引平在巡路时，会下意识地注意那些下水道的铸铁井盖，他惊诧怎么会破损得这么快、换得这么勤？再看破裂的断口，不但结构松软，还带着许多杂质，一看就是“山寨版”，不是正经厂家生产的。马路上的井盖，得是上等质量，否则会导致车毁人亡。天气平和时，似乎无甚大碍，这几天持续下雨，水漫路面，便危机四伏。路引平建议大伙日夜轮流值班，守护在井盖旁以防不测，同时给市政府写了封求救信，呼吁尽快解决井盖问题。

天上又响了一个炸雷，雨似乎憋着劲儿，下得天昏地暗，马路上水流得更急了。

路引平忽然发现一个举着伞的中年人，裤管卷得高高的，赤着脚，朝着他走过来。路引平急促地吹响哨子，用小红旗凌空向下一挥，命令这个人停止前进。中年人带着微笑，依旧前行，并用手指了指自己的嘴巴，表示有话要和他说。

中年人走到路引平的身边，把伞的一半移过来，亲切地说：“我是市政府的工作人员，谢谢你们不顾年高，站在水里疏导交通，这是真正的红路标。你是路引平先生吧？”

“是。你怎么知道我的名字？”

“我刚才问过路边的老人，也看过您写给市政府的信。我们的工作没做好，愧对老百姓。你们站在马路上，多危险，让人担心啊。”

“不站不行啊，全是些劣质井盖，车轮陷进去，车会侧翻；人掉进去，活的希望渺茫，我们得让车和人绕过井盖。”

“从这一刻起，我来当义工好不好？你先到人行道上休息一下。”

“不行。您得先写申请书，经批准才能当上义工。谢谢你了。”

“那就让我和你并排站着，先实习，行吗？”

“好。”

一个小时过去了。中年人的衣服，变得湿淋淋的。

忽然一辆小车开过来，一个年轻人推开车门伸出头，说：“管市长，你该去主持全市的抗洪救灾会议了，请上车。”

路引平一愣，报纸上说的新来的市长姓管，想不到就是他。

“管市长，让你受累了。”

“我才站一个小时，不累，但深受教育。路先生，您放心，我保证井盖的事会一查到底，大路朝天，必须堵死这些漏洞。有些人利欲熏心，以高价购买劣品收受贿赂，必须严惩。再见，我还会来的！”

路引平点点头。待管市长上车后，他响亮地吹出长长的哨音，然后将小红旗平举，再向前使劲一挥。旗语是：请前行！祝一路平安！

喜　子

仲夏的早晨，才六点多钟，宋喜已穿戴齐楚，白衬衣、灰长裤、黑皮鞋，衬衣上套一件印着“幸福婚庆公司”金字的红马甲，潇潇洒洒地走出了小院的大门，紧跟在后的是妻子惠莲。

“喜子，开车要小心。”

宋喜连忙回转身，用京腔念白：“夫人，喜子别过了——”

惠莲说：“你沦落到为婚庆公司开婚车接亲，还这么快乐。”

宋喜仰天大笑。

待妻子关了院门，宋喜口念锣鼓点，然后高声叫板，再走到巷道中央，亮相，接着便边走边唱起了《空城计》中诸葛亮的唱段：“我正在城楼观山景，耳听得城外乱纷纷。旌旗招展空翻影，却原来是司马发来的兵……”声音顺着长而曲的巷道向前涌动，好听极了。出巷口就是大街，宋喜的声音戛然而止，理一理衣衫，急步走向他供职的婚庆公司。

巷子里的男女老少，每天早晨都听到宋喜的这一段唱腔。

宋喜还会唱别的吗？会，但他几十年如一日，就爱唱这一段。

宋喜还有别的业余爱好吗？有，下象棋。只要不是落雨下雪，晚饭后，他在院门口支起可以从中间折叠起来的小方桌，桌面上刻着棋盘，备上两把矮板凳、棋子和茶壶、茶杯，等着巷中的棋手来对弈。他年轻时打过谱，记性好，也有悟性，很少有输的时候。下棋时，他一言不发，落子快，也不计较人家的悔棋。有好面子的人，他会在三局之中，有意下和一局或输一局，而且让对方看不出来。

宋喜五十岁了。和他同年的妻子原是街道小厂的工人，退休了。儿子在宋喜事业还很兴旺时，成家了，住在雨湖边的一个住宅区，过他们的小日子。

住在这条名叫曲曲巷里的男女老少，都不叫宋喜的大名，众口一声叫的是小名：喜子。不管在什么场合，宋喜都会笑呵呵地应答。他很快乐，不但名字带着“喜”字，人也长得像一个笑和尚，体量高大，膀阔腰圆，胖胖的脸上笑也显得“胖”。他的快乐不是装出来的，是自自然然从心里往外淌，就像开了盖的啤酒瓶，往外“嘶嘶”地冒出洁白的泡沫，又真实又透明。

有人说宋喜的快乐，是没心没肺的傻乐。巷中的老寿星甄观尘，当过小学、中学的语文老师，腹笥丰盈，如今九十岁了，阅人多矣。他对说话的人淡淡一笑，意味深长地感慨道：“喜子哪里是傻乐？是智乐！他虽没读过多少书，却能把世事看个通透。他能大富大贵，也能清贫自守，快乐却是一个恒量，这很了不起。”

宋喜读过高中，却不想去读什么大学，高高兴兴到码头的搬运队去当苦力。干了几年，拜拜。置办一辆脚踏三轮车沿街卖水果，不管生人熟人，秤杆抬得高，价钱还公道，小贩生涯让他开心。接着，三轮车换成了一辆大卡车，还雇了两个伙计，长途贩运水果搞批发，赚了不少钱。水果按节令上市，荔枝、黄桃、苹果、鸭梨、枇杷、佛手、香瓜……他先乐颠颠地给各家送一小篮尝鲜。一辆卡车又变成几辆卡车，有了大门面、大仓库，宋喜也坐上了豪车。但他的豪车停在巷子附近的一个停车场，出巷、进巷都是步行。巷中人家有了红白喜事，他会悄悄送去丰厚的礼金。突然有一天，几辆大卡车和豪车不见了，门面和仓库也没有了。他去了一家婚庆公司当司机，一当就是五个年头。

这么大的家产，怎么说散就散了呢？

宋喜不对人说，惠莲也是一问三不知。怪！

每早出门，宋喜还是叫板，还是唱“我正在城楼看山景”，还是一副笑模样。每天傍晚，宋喜依旧在自家门前摆上棋桌，实质上的赢和名义上的“输”与“和”，他都不在乎，独乐乐不如众乐乐。

真正可以和宋喜棋逢对手的，是老寿星甄观尘。甄老黄昏时出门散步，经过宋喜的棋桌时，见还没有人上桌应战，就会坐下来下一局。身边没有观棋的，他们一边下棋一边说些闲话。

“喜子，那个五年前借你二百万去还债的老同学，后来去了大西北创业，没跟你联系吗？”

“您老是怎么知道的？”

“我的一个学生说的。”

“钱借出去了，解了人家的难，就是一件高兴的事。他不联系我，我也不想他。我有饭吃有衣穿有房住，没什么可愁的。”

“在婚庆公司开车，累不累？”

“快乐得很哩，总是看见有情人终成眷属。”

说完，宋喜拎起红“车”，长驱而下直到对方的底线，轻声说“将军！”

甄老落下一个“马”，微微一笑，说：“我算了算，结局只能是一个‘和’。你说呢？”

“甄老，您是神算，我服了。哈哈。”

光　头

年纪轻轻的袁大雄，突然有了一个绰号：袁光头。这让他感到委屈，也平添了许多自卑。头发不是让理发师剃去的，是自动掉落的，又并非全掉，而是从顶上掉起，先是稀疏，然后闪出一块光亮，这能叫光头吗？只不过是过早地谢顶。

男人的头发，不管怎么折腾，也离不开四种基本的发型：光头、板寸头、西式头、长发。过去剃光头的，多是底层的干体力活的男人，理发的周期长，省钱，也便于清洗。但现在的光头男人，或是演艺界的大腕，或是家财万贯的大老板，要的是一个“酷”字。男人中蓄长发的，多是从事各种艺术门类的角色，音乐家、画家、书法家、摄影家……长发飘飘，那是一种刚柔相济的“范儿”与“派”。

袁大雄是一家技术学院的大专生，学的专业是汽车驾驶与修理，毕业后无非是去打一份工，不是去开汽车就是去修汽车。他的父亲袁立伟，在部队当的是汽车兵，转业后到运输公司开大货车，养家糊口不是难事。袁大雄高中毕业时，想去读本科的哲学系，父亲说：“学那劳什子干什么，中国用得着这么多哲学家吗？老辈子说得好，家有万金不如薄技在身，你一出校门就有工作等着你。”

袁大雄对父亲的安排很放心，也体贴父亲为这个家所付出的艰辛，风里雨里跑长途车，头发都变得稀疏了。他得学成后赶快挣钱，减轻父母的负担。

袁大雄原先头发很茂密，进校后不久，有一次洗头发，发现脸盆里落下黑黑的一层。开始他并不在意，可这种情况愈演愈烈，头顶上有了星星点点的亮斑。男同学说：“这叫‘鬼剃头’，得赶快治。”女同学虽不说，眼光却有些不对劲儿了，而且赶快转身避开他。这让他很伤心，他长得很健壮，不，是健美，这头发让他成了“另类”人物。

袁大雄问父亲：“是不是你的秃顶遗传给我了？”

父亲一愣，说：“我四十岁后才开始慢慢谢顶，你才十八岁，怎么就有了这个毛病？”

“我不能没有头发，遭人白眼哩。”

“民间有个土方子，用生姜擦拭掉头发的地方，坚持下去，应该会长出新发来。”

“爸，你怎么不用这法子？”

“我都一把年纪了，有发没发无所谓。”

袁大雄半晌无言，他不相信这个土方子有如此神奇的作用。

父亲看出了他的心思，痛快地掏出一千元钱递给儿子，说：“你去医院找大夫看看，或许有更好的法子。”

袁大雄感动得眼含泪水。

在以后的日子里，袁大雄去过大医院、小诊所，西医、中医都看过，他只问诊，却不急着取药，这些钱他不能乱花。有一个老中医告诉他：“擦拭生姜以利生发是个古方，还可以在擦拭后再涂抹中药配方的“生发水”，但你要有心理准备，不一定见效。”

于是，袁大雄在上课前、下课后，坐在宿舍的小桌前，拿着生姜在头皮上用力擦拭，直到头皮发红发热，再用小毛刷蘸上“生发水”涂抹。生姜和药水的气味很呛人，盈满室内也飘向门外。楼道里便有人大声说：“袁大雄治头发了呵，快来看！”接着，便有几个同学蹿进来看热闹。

有一次，袁大雄在众目睽睽下涂抹“生发水”，手发抖，把瓶子撞翻了，药水淌得满桌都是。

有人说：“桌子肯定会长出毛来！”

大家哄堂大笑。

袁大雄倒不生气，装作平和的样子说：“你们很快乐，我也应该快乐才是，要不还叫同学吗？”

大家立刻静下来，然后悄悄地退了出去。

生姜擦拭，药水涂抹，脱发依旧，光亮的面积仍在扩大。

袁大雄怕人笑话，戴上了一顶鸭舌帽。

他知道同学们背地里称他为“袁光头”。

一晃三年过去了。快毕业了。

袁大雄在休息日回家时，发现父亲剃了一个光头，稀稀拉拉的头发没有了，反而显得更精神。

父亲说：“我老为谢顶忧心忡忡，盛年而有老态，怕公司领导不让跑省外线路，那要少很多收入。住在我们这条巷子里的龙教授，是大学中文系教古典文学的，你一直叫他龙伯伯。早些日子，我们在巷口碰见了，说些闲话后，我谈到了这件事。他哈哈一笑，说我这是心为形役，既然是这几根头发添了烦恼，不如去掉！我的心一下子就亮了，干脆剃个光头，刮净胡须。上班时，领导一见，说我这是洗心革面，重焕青春。儿啊，你就要毕业了，个人照、集体照，也戴着帽子？那还是你吗？”

袁大雄说：“我也把头上的烦恼丝，剃了！”

当袁大雄在理发店理完发，看到宽大的镜子里出现了一颗闪亮的光头，浓眉、大眼、高鼻梁，又年轻又帅气，他都不认识自己了，这是一个新的而且真实的“我”。头上的几根毛，虽无什么分量，过去压在心上却很重，现在他感到全身轻松了。

贴在毕业证上的个人照片，和同学们一起照毕业合影，袁大雄自信地亮着一个光头，不自卑也不矜傲，腰板直，眼光平视，脸上浮满了笑意。有人说他像商界大款，有人称他如艺苑大腕，他说：“光头不是他们的专利，脑袋是自己的，想怎么着就怎么着。”

同班的一个女同学悄悄问袁大雄："毕业了，你去哪里工作？"

"我去一家私营汽车修理厂当工人，是我爸爸为我联系的。"

"能不能请你爸爸帮个忙，我也去这个单位？"

"行。"

闺 语

弘芝觉得她很庸常，日子过得也很庸常。究其缘由，她认为丈夫都管一点也不浪漫，是一个庸常至骨的角色。

她艳羡她的闺蜜郦兰，艳羡郦兰有个深谙爱情和婚姻真谛的丈夫禄天，总会让庸常的生活溅出浪漫的灿烂火花。

弘芝和郦兰是发小，是小学、初中、高中的同学。高中毕业后，郦兰因成绩一般，读的是中专财贸学校。弘芝则考上了一所大学的中文系，毕业后就当了一名中学语文教师。婚前她们是闺蜜,婚后也是,没什么话不可以谈,隔几天不见就会心里发慌。

郦兰婚前是一家国营商店的会计，结婚后因禄天是私营企业的大老板，不缺钱，她便辞职当了全职太太。

弘芝的丈夫是中医院的医生，说话轻言细语，满脸带着笑，似乎永远不会发脾气、使性子。

弘芝和郦兰是差不多时候找的男朋友，结婚本可以同时进行，但郦兰说："弘芝，你比我年纪大一个月，你是姐，理应我先喝你的喜酒。”

于是，弘芝和都管先举行婚礼，一切程序随俗，波澜不惊。

郦兰结婚就响动大多了，举行婚宴的前一天，丈夫禄天用十万元买下市报的一个广告版，配上他们恋爱时的各种照片，还有用大字标出的禄天的誓词：“我爱你，郦兰，直到不知有多远的永远。”因为是仲秋，办婚礼、婚宴的厅堂内外，摆着插满金桂花的花篮、花瓶等。

弘芝认为，这不仅是有闲钱的问题，很浪漫。他们也不缺这点钱，也不是舍不得，但都管没这个情调。郦兰之所以坚持要让弘芝先结婚，是怕弘芝也依样画葫芦？应该是。

一眨眼，弘芝和郦兰结婚三年了，奇怪的是都没有怀上孩子。她们才三十出头，不着急。

郦兰常约弘芝聚首聊天，但不在自家，或是一家精美的小吃店，或是一家咖啡馆。闺蜜聊天的话题叫闺语，她们的闺语离不开家庭生活和丈夫。

郦兰说，她生日时，禄天总会送上与她岁数相同数量的一篮红玫瑰花，还要像英国绅士一样，单腿跪下，把花篮献给她。

弘芝说，都管知道她是平板脚，喜欢穿又漂亮又合脚的软底皮鞋和布鞋，他因公出国或到外地出差，只要有时间就去逛商店给她选购鞋子。

郦兰说，家里请了一个会做中餐的老阿姨，不用她操劳这些事，禄天很忙，很少在家用餐，一旦回来吃饭，必在香炉里点上古雅的线香，用高级录放机播放古琴曲，如《平沙落雁》《高山流水》。

弘芝说，都管连他们的结婚纪念日也不记得，倒记得她每月的例假周期，会提早给她煲好鲫鱼汤，说这是补身体的。

郦兰说，禄天总喜欢把耳朵贴在她肚子上听动静，还说小天使快来了吧。

弘芝说，我白天教书，晚上还要批改作业、备课，累。对这个事，我有些体力不支，都管从不勉强。他还说我如果不想生孩子，他也同意。

每次分别时，弘芝总会自卑地说：“郦兰，你说闺语只涉及家庭和丈夫，我不能不说。可你说的都是令人向往的浪漫，而我说的都是庸常生活的俗态，自惭形秽。”

郦兰说：“这才叫坦诚相见呢。”

一个星期天的下午，郦兰又把弘芝约到一家英式小茶楼，喝红茶。郦兰的额头上贴着一块纱布，脸色白里透青，眼睛也是肿的。

在一个雅座里，侍者送上茶和小点心，然后走了，并轻轻带上门。

郦兰突然小声哭起来，然后，断断续续说起丈夫，他与手下的几个女职员都有不干不净的事，是她的一个亲戚也在这个企业做事，悄悄告诉她的。在家里，她向禄天盘问这件事，禄天恼了，大言不惭地说：“是有这么回事，你能把我怎么样？”接着还抓起床头柜上的法国香水瓶，砸到她的额头上！

弘芝惊讶、愤懑，竟说不出话来。

“弘芝呀，我先前心里说你的丈夫太庸常太世俗，现在我真的羡慕你呀。别小看鸡毛蒜皮、琐琐碎碎的小体贴，那才是为你量身打造的大浪漫，你可要珍惜！”

“你准备怎么办？”

“这日子还能过下去吗？离婚！”

暮色苍茫。弘芝回到家里，都管正好把热饭热菜端上了桌，笑着说：“野菌汤、炸鱼块、红烧藕片，都是你喜欢吃的。”

弘芝说：“这个禄天，是个混蛋！”

不等都管问是怎么回事，她便把郦兰的遭遇一五一十说出来。然后问：“你怎么看？”

都管一边擦手一边说：“女人常常脑子出毛病，以为男人玩儿这些浪漫，用的是感情，其实用的是心机和技法。老子说‘大象无形’，落到爱情和婚姻上就是静水无痕。”

弘芝蓦地站起来，生气地说：“你……是在含沙射影！”然后，急步走出客厅，走到门边，猛地拉开了门，脚步却停住了，脸朝门外，右手向后伸得长长的。

都管一愣，随即快步跑上前，紧紧地抓住弘芝伸出的手，把她拉到自己的怀里，再顺手把门关上。

“我知道你想试试我会不会来拉你，这很浪漫啊。”

弘芝把头埋进都管的怀里，娇羞地说：“你坏！你坏……”

西窗烛

丁点点总是在子夜十二点，走进这家名叫“西窗烛”的小书店。

正是仲春时节，外面下着霏霏细雨，寒气如锥。他推开虚掩的店门，空调的暖风扑面而来。门边一侧的墙上贴着一张小告示：请您先净手再读书。丁点点走到专设的木架前，在一盆温水里认真地洗了手。然后走到“免费阅读区”的一个角落里，在一张藤椅上小心地坐下来。值班的营业员是个小姑娘，叫小青。正要走过来打招呼，丁点点摆了摆手，小姑娘马上回到她的位子上去。

这家书店是丁点点开的，除此之外，他还有一个专门生产、销售旅游产品的公司。公司有他得力的助手管理，而且赚钱，不用他操心，他只是白天去巡查一下，便回到除了他还有一条影子的家。书店也有专人打理，但他每夜都来，一直要守候到天亮。他常对部下说：书店白天是生意，晚上是态度和温馨。书店不论盈亏，旅游产品公司可作它坚强的后盾。

三十七岁的丁点点，老家在外省一个小县城的乡下。他个子高挑，白净脸，亮眼，高鼻，很有范儿，事业也不错，可他至今没成家。他觉得一个人可以无牵无挂，自由自在，何况他有家了，家在“西窗烛”。

这店名取自唐诗中的“何当共剪西窗烛”，意思是夜晚来这里免费读书的人，在氤氲的书香书味中，彼此都是朋友。“西窗烛”店堂不大也不小，专门辟出三分之一的地方设立“免费阅读区”，错落地摆放着沙发、藤椅、长条桌、小书桌。来这里读书、过夜的人，一概欢迎。背包客、流浪者、失眠人，男女老少，谁也不知谁来自何方。但也有规定，要求服饰干净，不可大声喧哗；看书累了可以睡，天明了便离开书店。这里免费供应茶水，也备有留言簿以供书写感想。

丁点点为什么要开这个书店呢？大学毕业那年秋天，先想在老家找个工作，没有中意的。到了冬天，他背着一个旅行大包，来到这座人生地不熟的城市，一次次去应聘，不是他不愿意，就是别人看不上。身上的钱带得不多，不能住旅馆了，入夜只好在街上游走。十点钟的时候，又冷又疲倦的他，发现小街上还有一家没关门的小书店，便走了进去。店主是位老人，一头白发，满脸慈祥。看了看他，说：“小伙子，看样子你冷坏了，快进来暖一暖。我给你泡杯热茶。”他突然喉头哽咽，流下感激的泪水。小书店原本是十点关门的，老人不催他走，陪着他坐在火炉边聊天、打盹，直到东方破晓。

第二天，丁点点又去了招聘会，什么条件也不讲了，到一家旅游产品小作坊去当推销员。几年后辞职，贷了一笔款，办起了自己的旅游产品公司。但那个让他栖息了一晚的小书店，和那位不肯透露姓名的老人，让他刻骨铭心。他后来去找过那家小书店，谁知歇业了，老人回乡下老家去了，具体是什么地址，没人说得明白。

丁点点手里拿着一本清人张潮著的《幽梦影》，随意地翻着。这本书他看过多少遍了，很多章节都能背下来。他眼角的余光扫视着周围，辨认着哪些是熟客哪些是新面孔，猜想着他们是干什么的。在沙沙沙的翻书声中，也会偶尔有人轻声交谈一两句，也就一两句而已。

在对面靠墙边的一个中长沙发上，坐着一个老奶奶和一个十岁左右的小男孩。他们并不是一家人，是在这里认识的。老奶奶是干什么的？不知道，只知道她是个有文化的人，她每晚看的都是辞书，或是《英汉大字典》或是《说文解字》。他曾经有意无意地告诉值班的小青：她长期患有失眠症，只有倚靠在读书人的旁边才可以小睡一阵，老伴不在了，儿女在外地，她在这里找到了家的感觉。这个小男孩应该是个没家的孩子，或者有家归不得，白天在街上流浪，夜晚就到这里来，读的都是童话和神话故事，也许稍稍上过学，读这样浅显的书，还有许多字不认识。

老奶奶眯着眼打盹，忽然醒了，小声问：“你怎么不翻书了，遇到难字了？”

“是。您看，这个字？”

“是‘集’，‘集合’的意思。”她从口袋里掏出一支圆珠笔和一小块儿纸，快疾地写起来。

“上面的‘隹’是鸟的意思，一群鸟站在树木上，就是‘集’，不过繁写的‘集’上面是三个‘隹’下面是‘木’，就更让人明白了。记住了吗？”

“记住了。”

老奶奶笑了笑，又睡了过去。

丁点点发现今夜的来人中，有好几个二十岁出头的小伙子，身边搁着很大的旅行包，一定是来这座城市找工作的，和他当年一样。他放下书，站起来走到热水器旁边，打满一壶滚烫的水，去为一个个的空杯子添茶。人们对他含笑点头致谢，他摆摆手，表示“别客气”。

丁点点发现今夜，有张老面孔不见了。

是一个年过花甲的老人，身子瘦削，平头，额上皱纹很深，戴一副老花眼镜；白衬衫、羊毛衫、黑色的西装西裤；手里提着一个干净的鼓鼓囊囊的蛇皮袋子。一进店门，先洗手，再用手帕擦干净，然后取一本英文版的哲学书，坐在藤椅上看得全神贯注。快天亮的时候，他放好书，拿起蛇皮袋子去卫生间。他再次回到店堂时，换上了一套洗得发白的粗布衣服，还是提着那个蛇皮袋子，里面放着西装之类的东西。他向小青点点头，礼貌地挥挥手，潇潇洒洒地走了。

这个老人以前是干什么的，没有谁知道。只知道他现在是个拾荒人，也就是拾破烂的。因为，小青有一次在一条大街边，看见他在垃圾箱边翻弄垃圾。小青怕他难为情，赶快走了。

丁点点听说这件事后，确实感到很奇怪。这个老人是本地的还是外地的？以前应是个有学养有体面职业的人，怎么沦落到拾荒为生？他几乎夜夜都来，怎么今晚不见踪影了呢？

丁点点朝小青招了招手，小青轻轻地走过来。

“小青，那个穿西装的老人怎么今夜没来？”

“他今夜没来，或许以后会来，或许漂到另外一个城市去了。他在这里的夜晚，应当以为是回到了家。”

丁点点叹了口气，说：“从来处来，到去处去，此心安处便是家。”

丁点点天天都是子夜时走进“西窗烛”，天亮时离开“西窗烛”。

穿西装的老人如行云流水，从此再不见踪影。

那个老奶奶夜夜都来。挨在她旁边看书的小孩子，忽然被他的父亲和继母接回了老家，临走时，他在留言簿上写了一句话：“书是我的家。”

老奶奶的身边，又换上了另一个小孩子。

“西窗烛”的灯光，燃短了一个个长夜。

丁点点永恒地坐在“免费阅读区”的一个角落里，心静如水。

玉 须 帘

退休前，竺可帘在公家的“湘潭华帘厂”织帘子。这个厂生产各种形制的门帘、堂帘、窗帘、廊帘、檐帘，材质有绒、棉、布、绸、绢、竹诸种。竺可帘是织竹帘的高级技工。

退休后，回到自家的小庭院，闲得骨头发酸，便自办一个小作坊，经理、工人就他一个人，还是织竹帘。

儿子竺小可早成家另过，老妻洪玲虽可打打下手，但不怎么热心这个事。她常说：“老头子，你织了一辈子的竹帘，还没织够？”竺可帘答：“我的姓和名，标榜的就是以竹织帘，非终其一生不可。”

他姓名中的“帘”，原本不是这个字，是竹字头下加一个“廉”。《说文解字》称：“从竹，廉声。”推行简化字后，就通用为“帘”了。“帘”的原意是什么，是挂在酒店外旗杆上的一块布，名叫“酒帘”“酒旗”“酒望子”，如武松饮酒的店子，“酒帘”上写着“三碗不过冈”五个大字。

在织竹帘的这个行当中，竺可帘是公认的名匠高手。他有一双识竹之眼，选出的南竹必生长期是两年以上的，节与节之间的间距长。然后是刨去青皮、磨平凸节，再经锯段破竹、划片成篾、分丝、匀丝、漂丝、晒丝十几道工序后，才在织帘机上绷好以蚕丝搓成的粗细均匀的线为经，以竹丝为纬，敛声屏气地开始织帘。竺可帘不织一般的竹帘，这种帘子每市尺用竹条不过一百根至一百二十根；他织的是“玉须帘”，每市尺须用竹丝一千根以上，织好的帘子还要装上好木头制作的天头地轴，如同装裱过的国画。织这样的帘子，不但要技艺精湛，还须心静有耐性。竺可帘的屁股，长时间坐着生了一层厚茧。

竺可帘喜欢读古典诗词，因为那里面有许多关于帘子的妙句，让他浮想联翩。“疏帘淡月，照人无寐”“金碧上青空，花晴帘影红”……只有竹帘才可以透光，隔而不隔，月影、花影、鸟影……当然也包括女人的倩影，可以实中有虚、静中有动地透现过来，别有一番美感。故古人说：“帘后美人，最堪让人心旌摇动。”

竺家的庭院里总是氤氲着竹子的清香，总是轮番响起斧锯声、刀凿声、织帘声。

竺可帘问：“儿子、儿媳、孙子，这个双休日怎么没回来？”

老妻洪玲说：“他们忙吧。”

“给你打电话了？”

“没有哇。”洪玲换个话题，说：“老竺，这几条玉须帘，你可织了不少日子了，谁订的货？”

“一个年轻的局长，说是要送给省厅的大领导，只要好，不怕价高。”

洪玲哼了一声。

几天后的一个晚上，秋月皎皎。儿媳容巧巧突然一个人回来了。一见二老，就呜呜地哭了起来。

这小两口曾是大学同学，后来又都考上了公务员，一眨眼四十五六岁了，他们的独生子正读大学一年级。

竺可帘问：“我儿子欺负你了？”

“没有。”

“他赌钱、吸毒了？”

“没有，没有。”

婆婆问：“你哭哭啼啼的，为什么？”

容巧巧说：“他不想看我，也不想理我。晚上，我们……各住各的房间，都关着门。”

婆婆又问：“他每晚和休息日，都在家里吗？”

“在。”

婆婆忍不住笑起来，说：“老夫老妻了，看熟了的面孔，说厌了的话题，就这么回事。”

竺可帘说：“我送你两条玉须帘，一条挂在你房门口，有门帘你就不要关门了。一条挂在客厅与阳台的通口处，有月亮的晚上，你可以坐在阳台上赏月、看花，心里就没有烦恼了。”

洪玲说：“这不是那局长订好的货？”

“管他呢，他想要，就再等。先让自家人用。”

“老头子，我要给你一个点赞！”

容巧巧半天没回过神来，心想：你们做长辈的，得教训儿子不要轻慢了儿媳呀，这帘子解决问题吗？

竺可帘说：“巧巧，你跟你婆婆说说体己话，我出去买几包香烟。”

“爹，你去吧。”容巧巧忙说。

一眨眼过去了十天。

星期六上午十点，竺小可、容巧巧双双回来了，还挽着手，脸上笑得很灿烂。

竺可帘发现，儿媳妇穿着一件新旗袍，短袖、立领，黑底起碎白花；脸上化了淡淡的妆，眉修长，嘴小巧；发型也变了，高髻上绕一条珍珠项链。儿子呢，白西装、红衬衫、黑领带。

竺小可说：“谢谢爹给我们的玉须帘。”

“好吗？”

“好！巧巧坐或站在帘子后，怎么看，都入目。”

容巧巧脸色羞红，说：“小可，我还是我呵。”

小可说：“你还是你，又不全是你。”

容巧巧笑着转过身，一把抱住了婆婆，在她脸上响亮地吻了几下。

洪玲说："这小女子乐疯了。"

竺可帝对小两口说："你们多久没回来了，我要提早下厨，弄几个下酒菜来。"

洪玲问："要我去帮忙吗？"

"不劳大驾，你就陪着他们聊大天吧。"

"儿子、儿媳，你们多回家呀，我就可以多歇憩了。"

小可、巧巧说："一定一定。"

母与子

蹬着棚盖华丽的黄包车，穿着“古城小巷游”的红马甲，为游客既当车夫又当导游的羊春生，不知不觉四十有七了。

他四时不变地蓄着板寸头，短发间已见点点霜痕；从早到晚，嘴角总浮着憨憨的笑，见了熟人、生人都会亲热地挥手致意。车轮声里，日子一天一天地打发过去。

二十年前，与羊春生结婚三年的张凤姝，抱着刚两岁的儿子羊洋，走出湘中古城这条金马巷，毅然决然地去了沿海城市。

巷子里没有人不为春生泫然下泪。他们说：“春生的命苦，忽然之间一无所有了。”

春生却说：“不，我还有个妈。”

春生读小学时，爹就因病去世。在街办蚊香厂做临时工的羊妈妈，把儿子拉扯成人。家境贫寒，勉强读完高中的春生，赶快去了湘江边的关圣殿码头，当一名开吊车装货、卸货的合同制工人，八小时忙得昏天黑地，赚钱还不多。尔后春生经人撮合，从一个贫困山区娶回了又黑又胖的张凤姝，并有了儿子羊洋。羊洋一岁时，奶奶中风瘫痪了。张凤姝服侍婆婆、带孩子、做家务，恨不得多长出几双手来。春生为了一家生计，做了正班再补加一个班，累得回到家里倒下便鼾声大作。

张凤姝熬了一年后，感到这苦难似乎没有个尽头，提出要和春生分手，自去寻一条活路。

春生心如刀割，却很大度地答应了。

“凤姝，到我家来受苦了，你还年轻，应该去寻找你的幸福。羊洋就留下吧，你没有拖累，会轻快一些。”

“我不带走羊洋，谁来照顾他？你就专心上班专心侍候婆婆吧。”

春生想了一阵，说：“也好。家里还存了几千块钱，你都带走。等你们安顿好了，打个电话告诉我，每月我会寄羊洋的生活费来。我的地址不会变，手机号码也不会变。”

二十年过去了，凤姝母子音信全无。春生心里想，口里却不说，因为母亲并不知道他们已经劳燕分飞。

“春生，你说凤姝带着羊洋到沿海城市打工去了，一去这么久，怎么也不回家来看看？”

“凤姝常打电话来哩，说羊洋长大了，说羊洋想奶奶哩。”

“我好想我的孙子，算一算时间，假如有条件，他应该读了大学，毕业了。”

“那是的。”春生背过脸去，悄悄用袖口抹了把泪。

打从凤姝母子走后，春生辞去了码头上的工作，母亲瘫在床上，不能长时间身边无人。他先是在巷口摆个卖水果的小摊子，隔一阵跑回家看一看，照料母亲喝水、吃药和大小便。后来街道办事处成立“古城小巷游”旅游公司，优先录取了他，经过短期培训，公司给他配备了黄包车、红马甲，负责金马巷和隔壁另两条巷子的载客观光，游客有兴致时，还可以下车去参观巷中的人家。

有了黄包车，春生会在每天清早上班前，让母亲坐在车里，慢慢地蹬车先在这几条巷子游一圈。

“羊妈妈，你有个孝顺儿子，这是福气。”

“多谢你们对春生的关照。”

“羊妈妈，你的气色越来越好了。”

“真的吗？我拖累了儿子啊。”

望着母亲开心的笑，春生也跟着憨憨地笑。游完了一圈，春生安置好母亲，说：“妈，我上班去了。过会儿，抽空我再来看你。”

春生正要出门，几个邻居老婶子走过来，说：“春生，你的孝心让我们感动。我们老姐妹商量好了，轮流来陪你妈。你只管去工作，别惦记这里。”

春生的眼里涌出了泪水，连连说：“谢谢，谢谢！”

飒飒秋风送凉时，春生的儿子羊洋突然回来了。

小伙子长得很高大，眉眼间透出一股英气。他对这条巷子这个家似乎早已熟悉，见了父亲春生和奶奶也没有丝毫陌生感。

“爹爹、奶奶，我妈对不起你们，我代她向你们赔罪。”

春生说：“是我对不起你，你长大了，我没尽一点责任。”

羊洋“咚”地跪下了。

“爹爹，这不怪你。是妈妈带着我从这个城市到那个城市，也不给你们打电话、写信。我从小到大，妈妈讲过多少次这条巷子这个家，但从不讲是哪个省哪个市，我大学毕业后，她才告诉我的。她曾经有过很多幻想，想再成立一个新家，以便给我一个富裕的环境，可这样的机会哪会有？她想找一份好点儿的工作，可她文化低，又没有什么技能，只能去做保姆、当勤杂工、摆小摊子。但她千方百计地呵护我，让我读了小学、初中、高中和大学，她尽了一个做母亲的责任。”

老人对春生说：“快把孙子拉起来。”

春生拉起羊洋，说：“我们不会责怪你妈妈的。我只是要告诉你，我和你奶奶都牵挂你们，尽管我们生活困窘，但应该寄给你生活费，我都按月存在一个存折上，等哪一天见到了你，一定要交到你手上。”

老人说：“孙子来了，你快把存折交给他。”

春生打开一个上了锁的大柜，从一包衣服里掏出一个存折，递给羊洋。

羊洋用手挡住，说：“这个钱，我不能要，应该用它来为奶奶治病。”

“奶奶年纪大了，这病，钱再多也治不好，留着钱将来给孙子娶亲。你大学毕业了，准备到哪里去工作？”

“妈妈叫我到这个城市来工作，来陪奶奶和爹爹。”

春生说：“不可，不可。奶奶有我陪着，你不用记挂。你妈也会老的，你应该去陪她。羊洋，听话。”

“是啊，你爹说得对，母与子不能分开的，你要去尽孝道。”

羊洋突然号啕大哭起来。

春生问：“羊洋，你妈还好吗？”

羊洋说：“好。她也想回来，可没脸见你们。”

春生顿了顿，说：“假如你妈真的想回来，只要你奶奶同意，我……也同意。她觉得要有脸面，我就和你去接她回来。”

羊洋突然扑进春生的怀里。忍不住大哭起来。